新潮文庫

デトロイト美術館の奇跡

原田マハ著

新潮社版

11222

目次

カバー　「画家の夫人」　ポール・セザンヌ　一八八六年頃　デトロイト美術館蔵

デトロイト美術館の奇跡

DIA: A Portrait of Life

第一章　フレッド・ウィル《妻の思い出》二〇一三年

夜が闇のヴェールを少しずつ引き上げて、小さな部屋の中がゆっくりとミルクに浸されていくように明るくなり始める頃、小鳥のさえずりが聞こえるよりも早く、フレッド・ウィルは目覚めのときを迎える。妻が亡くなってからというもの、毎朝、そんな時間に目覚めて、もう眠れなくなってしまうのだった。

デトロイト市の中心部、ミッド・タウンのブラッシュ・パーク。周りは空き家だらけのすさんだ地域に、フレッドがひとり暮らす小さな家があった。表通りは静まり返って、物音ひとつしない。朝が早いということもあるが、そもそもほとんど人通りがないのだ。住人がいないので、車も通らない。言ってしまえば、うらぶれて見捨てられた街である。が、フレッドにとっては人生のほとんどを過ごした場所だ。

フレッドが生まれたのはデトロイトの郊外、モーニングサイドだが、五歳のとき、溶接工をしていた父が市街の中心部にほど近い自動車工場に転職したのを機にブラッシュ・パークに移り住み、以来、六十年以上もこの付近で暮らしてきた。だから、自分が「デトロイト市民（デトロイター）」であることは、アフリカン・アメリカンの両親のもとに生まれたことと同様、抗（あらが）えないこと、つまりごく自然なことだった。デトロイトを誇りに思いこそすれ、いやだとか住みにくいなどと思ったことは一度もない。それは両親を誇りに思い心から愛することと同じだ。たとえどんなにうらぶれようとも、デトロイトは、フレッドにとって、世界でいちばん居心地のいい「自分の居場所（マイ・プレイス）」なのである。

若い頃から宵っ張りがさっぱり改まらず、父と同じく溶接工としてアメリカ最大手の自動車会社の工場に勤務していた時分にも、夜遅くまで自宅でバーボンをちびりちびりやりながら、テレビドラマ「ザ・ヤング・ロイヤーズ」や「サンフランシスコ・インターナショナル・エアポート」などを眺めるのが常だった。アフリカン・アメリカン向けの新聞「ザ・ミシガン・シチズン」が創刊されてからは、それを隅々まで読むのが習慣に加わった。

あの頃、早出の出勤のときには朝七時にはタイムカードを押していなければならなかったのに、翌朝のことなどおかまいなしに、ベッドに潜り込むのはいつも深夜二時を回っていた。二十二歳のときに結婚した二つ年下の妻のジェシカには、「きっとあたしが死ぬまであなたが早起(アーリー・バード)きになったところは見られないでしょうね」とぼやかれていた。そしてほんとうに、妻の言う通りになってしまった。

世の中の大多数の六十八歳の人々がそんなふうなのかどうか、わからない。けれど、早起きになったのは年齢のせいなのだ、とフレッドは思うことにしている。

去年のいま頃は、ベッドに潜り込めばいつだってそこにはぬくぬくとした妻の体があった、それがいまはもうなくなってしまった、そのせいで早起きになったわけじゃないんだ。

そう、あのやわらかくてたっぷりとした妻の体。そっと抱き寄せるには大きくて重たすぎる立派な体。けれど、若い頃からちっとも変わらずにひょろりと痩(や)せた体型のフレッドを、すべての悪(あ)しきものからしっかりと守ってくれる、命がみなぎるたくましい体。妻が他界して半年が過ぎてなお、あの体がこの世界のどこにもないことが、いまだにフレッドには不思議に感じられた。

薄明るくなってきた寝室のベッドの上で上半身を起こし、ぼんやりとかすんだ目を瞬かせる。部屋の片隅、古ぼけたチェストの上に置かれたテレビのすぐ横にはジェシカの写真があった。

「まあ、あれだ。おれはもういい年なんだ。だからこんなに早く目が覚めちまうんだ。そういうものなんだろ？」

妻の写真に向かって、フレッドは語りかけた。ジェシカの笑顔。小さな小さなフレームにはめ込まれた、大きな笑顔に向かって。

階段をぎしぎしいわせながら、一階へと降りていく。築百年以上にもなる二階建ての小ぢんまりした一軒家は、ひたむきに働き続けた父がなけなしの貯金をはたいて購入したものである。五十年まえには、いま以上にアフリカン・アメリカンへの風当たりはきつかった。それなのにこの家を――中古ではあったもののデトロイトの中心部にほど近い地域の物件を――購入できたのは、ひとえに父の勤務態度と人柄が会社に評価され、銀行でローンを組むことができたからだ、といまならわかる。

新婚のフレッドとジェシカは、フレッドの父とともにこの家で暮らした。母はフレッドが十五歳で溶接工見習いになった直後に病気で他界した。母亡きあとの父は目も当てられないほど落ち込んだ。妻に先立たれた男がどうしようもない生き物になってしまうことを、フレッドは自分の父によって知らされた。

　男ふたりの所帯は殺伐としたものになってしまったが、それを一変させたのはジェシカだった。

　ハイ、ディア！　とはジェシカを初めて父に紹介したときの彼女の第一声である。十九歳の小娘に「ディア」と呼びかけられて、父はたちまち目を細めた。

　――彼女と結婚してこの家で一緒に暮らしたいんだ、どうかな？　とフレッドに持ちかけられたときの父は、顔じゅうをくしゃくしゃにして、なんともいえない表情を作った。まるで泣き顔のような笑顔だった。

　でかしたぞ、と父は、心底うれしそうな声で言った。――ああ、フレディ、あの子がこの家で一緒に暮らすって？　なんてこった、そりゃあすばらしいギフトじゃないか。よくやった、ありがとう、ありがとう。

　けれど、ジェシカとともに暮らし始めて一年もしないうちに、父はあっけなく他界した。長年溶接の仕事に携わり、肺をやられてしまったのだ。母もそうだったのだが、医療保険に入っていなかった父は、まともな治療を受けられず、またたくまに症状が悪化した。フレッドは、父を入院させるために、家を担保にして借金をしようと考えた。そうさせてほしい、と病床の父に相談すると、父は即座に、だめだ、と言った。この家で逝かせてほしい。お前の母さんがそうだったように。おれはお前たちにたいしたことをしてやれないけど、せめてこの家くらいは遺したいんだ。

最後の日々、献身的に父を支えたのはジェシカだった。日に日に衰弱していく父に寄り添い、大丈夫よ、ダディ、あたしたちがついてるわ、と、実の父に接するように、愛情を込めて介護してくれた。そのせいもあってか、父の死に顔はやすらかだった。少し微笑んでいるようにも見えるその顔にキスをして、いちばんいっぱいの涙を流したのは、やっぱりジェシカだった。

あれから、夫婦ふたりきりで——そう、ふたりは子供に恵まれなかった——半世紀近くこの家で暮らしてきた。父が遺してくれた、たったひとつの遺産、古ぼけたつつましやかなこの家で。

キッチンへ行き、やかんに水道水を入れてガスコンロにかける。インスタントコーヒーの瓶から直接、粉をマグカップに振り入れる。ジェシカが元気だった頃、毎朝、ミルク入りのコーヒーを作ってくれた。たっぷりとブラウン・シュガーを入れて——ブラウン・シュガーは体にいいのよ、と呪文のようにつぶやきながら——カ

リカリに焼いたベーコンと目玉焼き、トーストの朝食を手早く用意して、じゃあ行ってくるわ、ダーリン、とフレッドの頰にキスして出かけていった。

ジェシカはパートタイムで、近所のスーパーでレジ係として働いていた。そのまえはオフィスの清掃の仕事、そのまえはレストランの皿洗い、食品加工の工場で野菜をカットする仕事など、とにかく結婚してから他界するまで、ジェシカが働かなかったことは、父の介護をしていた時期を除いて、ほとんどなかった。どんな仕事であれ、「やりがいがある」と常々言って、彼女はとても真面目に働いた。一度も正社員になったことはなかったし、辞めるときはいつも一方的に解雇されてしまう。それでも彼女はまたすぐに次の「やりがいがある」仕事をみつけてきては、まえよりもっと元気よく働き始めるのだった。

フレッドが四十年ものあいだ勤め続けた自動車会社に解雇されたのは、十三年まえ、五十五歳のときのことだ。長引く不景気で、自動車産業は業績が著しく悪化、各企業は大幅なコストカット、人員削減に乗り出していた。解雇の嵐が吹き荒れ、明日は我が身だと同僚たちが震え上がっているのを、フレッドはまったく他人事のように感じていた。自分は十五歳のときからずっとここで働いているベテラン中のベテランだ。まさか自分がレイオフの対象になるなどとは考えもしなかった。しかしまもなく——ほんとうに信じがたい展開だったが——フレッドはあっけなく失業してしまったのだった。ちょうどジェシカが近所のスーパーでレジ係の仕事をみつけて働き始めたばかりのタイミングだった。

まかせといて、と妻は言った。どっちにしたってあと五年でめでたくリタイアだったんだから、それがちょっと早まっただけのことよ。あたし、あなたのぶんまでがんばって働くから、なんの心配もいらないわ。

それから、こんなふうにも言った。——ねえフレッド、その代わり、あたしのお願い、ひとつだけ聞いてくれる？

あなたがリタイアして、時間にも心にも余裕ができたら……あたし、一緒に行きたいと思ってたの。

——デトロイト美術館へ。

フォード・マスタングをパーキングに駐めて、フレッドは車から降りた。

うららかな日差しが白亜の石造りの建物をしらじらと照らしている。ウッドワード・アヴェニューに面したデトロイト美術館の正面入り口には星条旗とミシガン州旗が掲げられ、かすみがかった青空にたなびいている。

星条旗を見上げてから、フレッドは入り口前の階段をゆっくりと上がっていった。パーキング側にも出入り口はあるのだが、この堂々とした階段を上って、正面から入っていくのがお気に入りだから。

入るとすぐに広々としたホールが現れる。左右に配置された彫刻たちに見守られながら、大理石の床をまっすぐ進んでゆく。その瞬間、ほんの少し背筋が伸びる。そして、胸がわくわくしてくる。大好きなアートに向かい合う特別な時間がこれから始まるのだ。

デトロイト美術館——通称ＤＩＡ（Detroit Institute of Arts）。

こうして、もう何度この場所を訪れたことだろう。いつ来ても心が躍る。まるで古い友だちに会いにきたような気分になるのだ。

ホールの突き当たりには、やわらかな光に満ちた「リベラ・コート」がフレッドの訪問を待ち受けている。コートの四方は、メキシコを代表する画家、ディエゴ・

リベラが描いたフレスコ壁画《デトロイトの産業》でぐるりと囲まれている。このコートに一歩足を踏み込めば、それが誰であれ――子供でも、大人でも、失業者でも、大統領でも、おお！　と驚きの声を放たずにはいられないはずだ。壁いっぱいにデトロイトを代表する産業、自動車工場の様子が、活力と叡智と情熱をもって描かれている。リベラはこの作品を一九三二年四月から三三年三月まで、十一ヶ月かけてほぼひとりで仕上げたということだ。

「フレスコ」は、十三〜十六世紀のイタリアで制作された壁画によく使われた手法だそうだ。難しいことはわからないものの、古い時代の手法で現代的な主題を描いているのが面白い、と思う。当時の最先端だった工場の風景と、そこで働く人々の様子が、実に生き生きと描き出されている。弾ける機械音やオイルの匂いまで漂ってくる気がするほど、リアルで、まるでほんとうに最盛期のデトロイトの工場に居合わせているような気分になってくる。

壁の上のほうには、ネイティブ・アメリカンの人々がモニュメンタルに描かれている。太古の昔からこの国の大地を見守り続けている地霊。伝統と歴史、工業化と技術革新。古代の魂と新しい産業が、この絵の中で融合している。連綿とつながる時間の流れと、時を超えて固く結ばれた人間の絆を感じずにはいられない。

「リベラ・コート」には、美術館のコレクション・ギャラリーへと続く入り口がいくつかある。その中のひとつは、印象派・後期印象派のギャラリーへとつながっている。まずはコートにたどりついてひと息ついてから、フレッドは、おもむろに印象派・後期印象派のギャラリーへ入っていく。もっとも胸が高鳴る瞬間だ。まるで愛する人にこっそりと花束を届けにいくような――といっても、そんな粋な行為は、人生で一度たりともしたことがないのだが。

ＤＩＡのコレクションには、実にさまざまな時代、分野、国々の美術品が含まれている。古代エジプト、日本美術、バビロンのイシュタル門の装飾、ピーテル・ブリューゲルの《婚宴の踊り》、ジョヴァンニ・ベリーニの聖母子像、ルイス・Ｃ・ティファニー、アンドリュー・ワイエス、アンディ・ウォーホル、エトセトラ、エトセトラ。

いったい何がどうなって、こんなにすごい美術品がこの街のこの美術館に集まってきたのか、詳しくはわからない。けれど、これらの美術品たちは、この街に集まるべくして集まってきたのではないか、とフレッドは想像する。デトロイトに美術館を作ろう、とあるとき誰かが考えて、それに賛同する人々が集まって、お金や美術品を寄付する人々を募り、アートの専門家が雇われ、建物が造られ、コレクションが収められ、美術館ができ上がったのだ。

ＤＩＡができたのは一八八五年。いまから百三十年近くもまえのことになる。フレッドの祖父がこの街で生まれた時代のことだ。そんなに昔から、この美術館は存在していた。そして、一歩足を踏み入れただけでわくわくしてくるあの正面の入り口は、ずっとデトロイト市民のために開放され続けているのだ。

フレッドは、もともと芸術にはさほど興味はなかった。正直に言えば、長年勤めた会社を解雇されるまでは、一度もＤＩＡを訪れたことはなかった。もちろん、その存在は知っていた。けれど、行こうとは思わなかった。なぜなら……なぜなら、美術館というのは、ある程度芸術的素養がある人が訪れるべき場所だと、勝手に思い込んでいたから。

自分はアートのなんたるかを知らないし、そりゃあピカソとセザンヌの名前くらいは知ってはいたが、その両者がどう違うのか、なんてちっともわからない。だから美術館に行ったところで楽しめないだろう。どだい、自分のような人間が行くべき場所ではないのだ。

けれど、その考えを一蹴したのは、誰あろう、妻のジェシカだった。

フレッドがレイオフされてがっくりしていた頃、ジェシカは懸命に夫を励ました。あたしにまかせといて、と彼女は明るく言った。あなたのぶんまでがんばって働くから、なんの心配もいらないわ。

——ねえフレッド、その代わり、あたしのお願い、ひとつだけ聞いてくれる？　あなたがリタイアして、時間にも心にも余裕ができたら……あたし、一緒に行きたいと思ってたの。

——デトロイト美術館へ。

予想もしなかった妻の願い事。実は、ジェシカは毎月一度、ＤＩＡに行っていた。レストランで働いていた頃のパート仲間のエミリーが、子供を連れていってとても楽しかった、と教えてくれたのがきっかけだった。——あたしも行ってみようかな？　とジェシカが何気なく言うと、行ってみなさいよ、何時間でもいられるわよ！　とエミリーは興奮気味に応えた。——何時間でも？　そうよ、何時間でも。まさかあ。ほんとだってば！　——それで、試しに行ってみようと思い立った。

　仕事が遅出のある日、ジェシカはＤＩＡへ出かけていった。いつものＴシャツとジーンズではなく、ダンガリーのシャツとスラックスを身につけて。——ちゃんとして出かけたかったの、とジェシカはフレッドに「マイ・ファースト・ＤＩＡ」の思い出を語って聞かせた。——別にめかし込んで行く必要はないってわかってたけど、なんとなく、大切なことをするんだっていう気分だったから。

　エミリーの言ったことはほんとうだった。結局、ジェシカは、出勤時間ぎりぎりまでＤＩＡで過ごした。二時間くらいあれば十分だろう、と思って出かけたのだが、とんでもなかった。まるで神秘の森の中に迷い込んだ気分だった。ギャラリーからギャラリーへ、歩み入るたびに新しい発見があった。森の奥へと行くにつれ、見たこともない美しい花をみつけ出す。そんな感じで、すっかり夢中になった。

　それからジェシカは、月に一度は時間をみつけてＤＩＡに出かけるようになった。フレッドに言わなかったのは、柄じゃないし、どこかに気恥ずかしさがあったから、とあとから正直に教えてくれた。

けれどDIAに行くたびに、いつかフレッドと一緒に来たい、との思いが膨らんだ。フレッドがリタイアして、心にも時間にも、そして年金が支給されて少しばかりお金にも余裕ができたら、きっと一緒に来よう。そして自分の友人たちを紹介しよう。そんなふうに心に決めていた。

――友人たち？　いったい誰のことだい？

フレッドが尋ねると、ジェシカは、少しだけてれくさそうな笑顔になって、

――アートのことよ。アートはあたしの友だち。だから、DIAは、あたしの「友だちの家」なの。

うれしそうに答えたのだった。

DIAの展示室、印象派・後期印象派の部屋の一角で、今日もまた、「彼女」がフレッドの到来を待っていた。

「彼女」の前に、ひとり、佇(たたず)むと、フレッドはごく小さくため息をついた。そして口の中でつぶやいた。

――やあ、元気そうだね。また会いに来たよ。……おれのほうは、あいかわらず。見ての通りさ。

フレッドが向き合っている「彼女」。――ポール・セザンヌ作《マダム・セザンヌ（画家の夫人）》。

一八八六年頃、セザンヌが四十七歳くらいのときに完成した、セザンヌの妻、オルタンスの肖像画（ポートレイト）である。

南仏（なんふつ）のエクス＝アン＝プロヴァンスの家庭に生まれたセザンヌは、画家を志してパリへ出た。その後、ルリユーズ（本の背表紙を綴（と）じるお針子）だった十八歳のオルタンスと出会う。ふたりは一緒に暮らし始め、やがてひとり息子のポールを授かるが、セザンヌはオルタンスと息子の存在を郷里の父に隠し続けた。売れない絵を描いていたセザンヌの生活費は、その頃銀行家として成功していた父からの仕送りのみ。貧しい女性と付き合っていることを知られて勘当されては生きていけない、だから、オルタンスは長いあいだセザンヌの正式な妻にはなれなかった。父の晩年になって、セザンヌは、オルタンスと息子のことを打ち明け、ようやくふたりは結婚した。

このエピソードを、フレッドは、キュレーターが作品の前で解説をしてくれるプログラム「キュレーターズ・ガイド」に、ジェシカとともに参加したときに知ったのだが、そのときには、ずいぶん身勝手なことをするやつだ、と憤(いきどお)りを感じた。

――ちょっとひどいんじゃないか、セザンヌは。カミさんをそんなふうに扱うなんて、おれにはとうていできないな。

ところがジェシカは寛大だった。――あたしは、むしろセザンヌは正しいチョイスをしたと思うわ、と。

――だって、売れる絵を描いてなかったんだもの、仕送りを止められたら暮らしていけなかったんでしょう？　我慢して、持ちこたえて、彼は両方を維持したし、結果的に守り抜いたのよ。妥協しないで自分の絵を描くことと、愛する人との暮らし、その両方を。

オルタンスのこと、父親に打ち明けるタイミングを辛抱強く待って、とうとう結婚したんだから、すごいじゃない？

セザンヌって、我慢強くて、信念があって、愛情深い人だったと、あたしは思う。……もちろん、オルタンスも、きっとセザンヌと同じだったのよ。

マダム・セザンヌ、オルタンス。すみれ色の模様があるベージュのカーテンを背景にして座る彼女。どっしりとした構図なのに、どこかしら軽やかさを感じるのは、かすかに体を傾けて、いましも立ち上がりそうに見えるから。そして塗り残しのように画面の上下の色がかすんでいることによって、彼女の体が浮かび上がって見えるから。彼女が身につけている青いワンピース、決して華美ではなく地味な服装は、絹のドレスと宝石で着飾った貴婦人の肖像画よりも、はるかに親しみを覚える。それに、服の青は単純な青ではない。ほんのりとバラ色が混じって、まるで朝焼けの空をまとったようなやわらかさとすがすがしさがある。

彼女の顔。いったいどうしてそんなに不機嫌なんだい？　と思わず問いただしてみたくなるほど、むすっとして、つまらなそうな表情。けれど頬とくちびるに点ったバラ色は、青い服に溶け込んだバラ色と呼応して、やわらかでやさしげな雰囲気をもたらしている。鳶色の眼は、じっとこちらをみつめて動かない。小さな、ごく小さな光の粒が瞳の奥に宿ってふるえている。

ＤＩＡが所蔵するコレクションの中で、フレッドはこの作品がいっとう好きだった。――べっぴんさんか？　いや、どっちかっていうと美人じゃない。だけど、どうだい。彼女の、なんとまあ、魅力的なこと！

もう何度、この絵の前に佇んだことだろう。けれど、何度向き合っても飽きることがなかった。みつめるほどに、彼女の魅力はフレッドの胸に迫った。

なんだろう、この感じ……と不思議に思っていたが、あるとき、ふと、この絵の中のマダム・セザンヌは、なんとなくジェシカに似ているんだと気がついた。

彼女はフランス人で、白人で、ジェシカと比べればすらりとしていて、不機嫌で、何もかも違う。それなのに、すべてが似ている、とフレッドは感じた。けれど、そう思っていることは、ジェシカには言わないつもりだった。おかしなこと言うわね、と笑われてしまうだろうから。そして、どうにもてれくさいから。


——彼女、お前に似ているね。

半年まえのあるとき、ひさしぶりにジェシカとともにＤＩＡを訪問したフレッドは、《マダム・セザンヌ》の前でジェシカにそう告げた。

ぜひともそう言おうと思い切ったわけじゃない。ごく自然に、飾らない言葉が口からこぼれ出たのだった。

ジェシカとともにＤＩＡに足しげく通うようになって、十年以上が経っていた。けれど、去年の秋口にジェシカが体調を崩し、末期がんであると宣告されてからは、すっかり足が遠のいてしまっていた。

フレッドの両親同様、ジェシカも医療保険に加入していなかった。手術には多額の費用がかかる。フレッドは、父が病に倒れたときにそうしようとしたように、ジェシカには黙って自宅を担保に借金をしようとした。ところが銀行は首を縦に振らなかった。父が遺してくれた唯一の財産である自宅には、もはやなんの価値もないと判断されてしまったのだ。

手術もできなければ、入院すらもできない。いったい自分は何をしてきたのだと、フレッドは自分を責め苛んだ。妻の命を救ってやれないなんて。日に日に衰弱していくのを眺めることしかできないなんて。

ジェシカ。……ああ、ジェシカ、許してくれ。役立たずのおれを。

ジェシカが死んだら……いっそ……いっそ、おれも死んでしまえばいい。ひとり残されたって、何の役にも立ちはしないんだから。

ところが、妻はちっとも怒らず、悲しまず、ましてやフレッドを責めもしなかった。いつかのように、明るい声でジェシカは言った。

——あたしのお願い、ひとつだけ聞いてくれる？

最後にもう一度だけ、一緒に行きたいの。——デトロイト美術館へ。

そうして、フレッドは、やせ衰えたジェシカを乗せた車椅子（くるまいす）を押して、ＤＩＡへ出かけていった。

これが最後の訪問になると、フレッドはわかっていた。だから、正面の堂々とした入り口から入って、ホールを通り、リベラ・コートを抜けて、ジェシカが大好きな印象派・後期印象派の部屋へと入っていくことにした。

事前にＤＩＡの事務局に電話をし、頼んでみた。——車椅子の妻を連れていきます。わけあって、どうしても正面から入れてやりたいのです。車椅子でアクセスできますか？　事務局の担当者が、電話の向こうで応えた。——ええ大丈夫です、ご心配なくいらしてください。

その日、ジェシカは、初めてＤＩＡを訪問したときに着ていったダンガリーシャツとスラックスを着込んで、口紅をつけ、ほお紅をさして、目一杯おしゃれをした。

ジェシカの身支度は、かつての職場の同僚、エミリーが整えてくれた。とってもきれいよ！　とエミリーは、ジェシカとともに鏡を覗き込んでそう言った。きっとあなたのだんなも惚れ直しちゃうわよ。ねえフレッド？

車椅子を押して正面のエントランスへ行くと、階段の下で美術館の男性職員が四人、待機していた。ようこそＤＩＡへ、と彼らは、笑顔でふたりを迎えてくれた。そして車椅子を持ち上げて、入り口まで運んでくれたのだ。フレッドは胸がいっぱいになった。ありがとう、とひと言だけ告げて、あとは言葉にならなかった。

《マダム・セザンヌ》の前に、車椅子のジェシカとともに佇んで、フレッドは、ほんとうに思わず、彼女、お前に似ているね、とつぶやいた。ジェシカは、《マダム・セザンヌ》をじっとみつめたまま、なんとも応えなかった。黙ったままで、いつまでも、いつまでも、絵をみつめていた。

――ねえ、フレッド、あたしの最後のお願い、聞いてくれる？

どのくらい経っただろうか、ジェシカがふいにかすれた声でつぶやいた。はっとして、フレッドは、なんだい？　と前かがみになって妻の口もとに耳を寄せた。すると、ジェシカはこう言った。

――あたしがいなくなっても……彼女に会いに来てくれる？

彼女、あなたがまた来てくれるのを、きっと待っていてくれるはずだから。

あたしも、待ってるわ。あなたのこと、見守っているわ。

……彼女と一緒に、ここで。

フレッドは、体を起こすと、もう一度《マダム・セザンヌ》に向き合った。

目の前がじわりとかすんでいく。マダム・セザンヌの不機嫌な顔がにじんで見えた。

堪(こら)えきれずに流れる涙を、妻に気づかれたくなかった。フレッドは、声を殺して静かに泣いた。

その二週間後、眠るように、おだやかに、ジェシカは旅立っていった。

ジェシカのなきがらに、フレッドは、彼女の人生の中で最初と最後にＤＩＡを訪れたときに着ていた、あの青いダンガリーシャツを着せてやった。最愛の妻は、まるで朝焼けの空をまとっているようだった。

ふらりとＤＩＡへ出かけ、《マダム・セザンヌ》と心ゆくまで対話する。その行き帰りのいずれかで、イースト・ワーレン・アヴェニューにあるカフェ「ラリーズ」に立ち寄るのが、ひとりになってからのフレッドの定番になっていた。

コーヒーをオーダーして、店に常備してあるいくつかの新聞を拾い読みする。最近、ニュースはもっぱらテレビに頼っているのだが、ときおり無性に新聞が読みたくなるのだ。

ミルクと砂糖をたっぷり入れたコーヒーをすすりながら新聞を手にした瞬間、一面トップの見出しが、フレッドの目に飛び込んできた。

――え？　……なんだって？

フレッドは、思わず両手で目をこすった。見間違いだと思ったのだ。けれど、その一文は、無慈悲なほどくっきりと鮮やかに、紙面の上で躍っていた。

デトロイト市財政破綻（はたん）　ＤＩＡのコレクション　売却へ

第二章　ロバート・タナヒル《マダム・セザンヌ》一九六九年

かたかたとかすかに窓を揺らす風の音に揺り起こされるようにして、ロバート・ハドソン・タナヒルは、午後のまどろみから目を覚ました。

なんだろう、とても居心地のいい夢をみていた。まぶしい陽光に包まれたような……いったい、夢の中で、私はどこにいたのだろう？　ここ……デトロイトではないどこか――いま……春風が吹き始める季節ではなく――初夏の日差しに満ち溢れた、あれは――パリ、だったのだろうか。

そうだ、初めてパリを訪問したのは、四十四年もまえのことだ。自分はあのとき三十二歳。胸をときめかせながら花の都へ旅をした。

その頃、デトロイトの社交界で、ロバートは「若きコレクター」とか「新米の収集家」とかいう形容付きで紹介されていた。三十代前半は、コレクターのあいだでは「若造」に分類されたのだ。それが少々くやしくもあったが、「コレクター」として認識されていたことは、大きな誇りでもあった。

ロバートは、いつのまにか眠りに落ちていたソファの上で、ゆっくりと上半身を起こした。ソファの左横にある暖炉では、火が静かに燃えている。右横には大きなふたつの窓があり、その向こうにはセント・クレア湖が広がっている。湖の向こう岸はカナダだった。アメリカ合衆国とカナダの国境は、この湖のなかほどにあるのだった。

大きなふたつの窓の間には飾り卓が据えてあり、その上の壁に一枚の絵が掛けられていた。ポール・セザンヌの筆による作品。《マダム・セザンヌ》というタイトルの油彩画だった。

デトロイト郊外の閑静な住宅地、グロース・ポワントに居を定めてから、もう何年経(た)っただろうか。二階建ての邸(やしき)を設計してもらうとき、建築家に頼んだことはふたつだけ。ひとつは、湖を見渡せるリビングがあること。そしてもうひとつは、自分がもっとも大切にしている絵画と彫刻のコレクションを飾る壁とスペースを設けること。あの偉大なコレクター、バーンズ博士のように、壁という壁にすべてのコレクションを掛けなければ気が済まない、というのではない。一緒に暮らして心地のいい作品を厳選して、ごく少数、品よく飾りたかった。

《マダム・セザンヌ》の居場所は、この邸に引っ越してきた当初から、邸じゅうでもっとも目立つ場所、リビングにあるふたつの窓のあいだの壁——と決まっていた。なぜなら、ここを訪れた客人をもてなす場所であり、彼らと談笑する部屋であるから。そして何より、自分自身が毎日くつろいで過ごすところだから。

言ってみれば、あの壁は、この小さな「城」の王妃の玉座のようなものだ。私が王で、彼女が王妃。ふたりきりの小さな小さな王国だけれど。

コンコン、と控えめにドアをノックする音がした。ロバートは、薄くなった白い髪を撫でつけて、「入れ」と言った。ドアが開いて、家政婦のルイーズが顔をのぞかせた。

「ウィリス・ウッズさまがお見えです。お約束はないとのことですが、お通しいたしますか？」

おや、とロバートは不意をつかれたが、すぐに、「もちろんだとも。断る理由などない」と答えた。

ややあって、ドアの向こうからスーツ姿の長身の男性が現れた。両手いっぱいに大きなカトレアの花束を抱えている。デトロイト美術館、通称ＤＩＡの館長、ウィリス・Ｆ・ウッズであった。

黒縁眼鏡の奥の瞳に微笑みをたたえながら、ウィリスはロバートに近づくと、

「お誕生日おめでとうございます、ロバート」とにこやかに告げた。

「ＤＩＡを代表してお祝いを伝えに参上しました。館のスタッフからのささやかな贈り物です」

そして、まるで赤ん坊を抱かせるように、ロバートの腕の中にカトレアの花束を抱かせた。ロバートは、赤ん坊をのぞき込むようにして花束をみつめると、いかにもうれしそうな表情になった。

「これは、なんともすてきなサプライズだ。覚えていてくれたのか」

ロバートが言うと、

「忘れようもありません。四月の最初の日ですから」

ウィリスが答えた。

「ふむ。誕生日がエイプリル・フールというのも悪くないな」

茶目っ気たっぷりのロバートの言葉に、ウィリスは微笑んだ。

「どうだい、お茶でも？　うちのルイーズがグロース・ポワントの住人の誰よりも紅茶をおいしく淹れることは、君もよく知ってるだろう？　ルイーズ——ルイーズ！　ダージリンのファースト・フラッシュをお持ちしてくれ。あと、温めたミルクも……ああ、でも、忙しい館長を私の午後のお茶に付き合わせるのは迷惑かね？」

ロバートは、ゆっくりと、けれど熱心にそう語りかけた。ふだんは物静かな彼だったが、心を許した相手にはそんなふうに話すのだ。アメリカきっての名門美術館DIAの館長に就任して七年、ウィリスはDIAにとって最重要人物であるロバートの性質をちゃんとわかっていた。

デトロイトの裕福な一族——父はデパートの副社長であり、従姉妹はフォード家に嫁いだ——を出自とするロバート・タナヒルは、若い頃からいま現在にいたるまで、DIAにとってはなくてはならない存在であった。巨万の富に支えられて、働かずとも優雅に暮らしていける立場であったが、派手な生活を好まず、七十六歳の今日まで独身を貫いてきた。良家の子息なのに家庭も持たず地味に暮らしている彼を、デトロイトの社交界の人々はひそかに変人扱いしていたが、美術界は違った。生涯を通して美術品収集とＤＩＡへの惜しみない援助——財政支援と作品寄付の両方において——に情熱を注いできた彼の功績はただならぬものである。

決して目立つことを好まないロバートは、ＤＩＡを訪問するときも、いつも誰にも告げずに行くのだった。そして、足音も立てずに展示室を静かに巡る老人があのロバート・タナヒルだと誰にも気づかれないうちに、こっそりと帰るのが常だった。

ＤＩＡの理事であるウィリアム・Ｍ・デイも、ＤＩＡ創設者協会の代表リー・ヒルズも、そしてウィリス・ウッズも、そんなロバートを心から敬愛していた。

「あなたのお誘いを断れる美術館の館長がこの国にいるのであれば会ってみたいものです、ロバート」

ウィリスが応えた。ロバートは満足そうな笑顔になった。

ロバートは肘掛け椅子に、ウィリスはソファに腰掛けて、しばらく談笑した。ルイーズが紅茶入りのポットと温めたミルクを銀のトレイに載せて運んできた。紅茶に角砂糖をひとつ入れて、銀のスプーンでくるくるとかき混ぜながら、「ときに、ロバート」と、ウィリスが切り出した。

「例年行っておられるバースデー・ディナーは、今夜はなさらないのでしょうか？正直に申し上げますと、今年はお誘いがなかったので……ウィリアム・デイもリー・ヒルズも寂しがっているのです。もちろん、この私も」

もともと祝い事が苦手なロバートだったが、せめて誕生日くらいは小宴をいたしましょうと、タナヒル家の執事が取り仕切り、もっとも親しい十名ほどの知己を招いて、この邸で夕食会を開くのが常となっていた。

が、今年は早々にやめておこうと決めた。年初に原因不明の不整脈が出て、主治医から絶対安静を言い渡されたのだ。もちろん、その事実は自分ひとりの胸にしまい込んでいたのだが。

「それで君は、バースデー・ディナーがないのはエイプリル・フールのジョークなのかどうかを確かめるためにここまでやって来た――というわけか」

ロバートがそう言うと、

「ご名答です」

ウィリスが苦笑した。ロバートも、少しかすれた笑い声を立てた。

「残念だが、ジョークではないよ、ウィリス。今後、そういうことはやめておこうと決めたんだ。君にはまだわかるまいが――こんな年齢になると、誕生日というのはなんとなくおっくうに感じるものなんだ。またひとつ年をとってしまったなあ、とね」

ウィリスは黙って老紳士の言葉に耳を傾けていたが、やがて、「わかりました」とおだやかに応えた。

「ウィリアムとリー、そしてＤＩＡの職員たちにも、あなたがお元気で心安らかに誕生日を過ごされていたとお伝えします」

「頼んだよ」とロバートは言った。

「よろしく伝えてほしい。お祝いの気持ちを、とてもうれしく受け止めたと」

帰りゆくウィリスを、邸の主は玄関ホールで見送った。慎ましやかな、けれどすっきりと整った玄関ホールを眺めて、ウィリスはため息をついた。

「ここから出ていくときは、いつも後ろ髪を引かれる思いです。あなたばかりではなく、ピカソとゴーギャンにも見送られるのですから……」

ホールの正面の壁にはパブロ・ピカソの油彩画《アルルカンの頭部》が、階段横の壁にはポール・ゴーギャンの油彩画《自画像》が掛けられていた。

ロバートは微笑を禁じ得なかった。ＤＩＡの館長もまた、自分と同様、心からアートを愛してやまない人物なのである。

リビングに戻ると、ロバートは、さっきまでウィリスが座っていたソファにゆったりと身を預けた。

ソファの右手の壁に掛けられている《マダム・セザンヌ》が、こちらをじっとみつめている。少し険しい、どこか寂しげな、けれど深い愛情のこもったまなざし。絵の中の「画家の夫人」をみつめるたびに、ロバートは、自分がまるでポール・セザンヌになり代わったような気持ちになるのだった。

そうだ。おそらく、このくらいの位置に、画家はイーゼルを立てたはずだ。そしてちょうどあの壁のあたりに、妻を座らせて……そして、こんなふうに語りかけたに違いない。

――いいね、オルタンス。絶対に動いてはならないよ。私が絵筆を動かしているあいだ、お前はリンゴになっていると思いなさい。微笑んだり、ため息をついたりしないでほしい。表情を変えずに、こっちを向いて……私のほうを、ただじっとみつめているんだ。

息を止めて。瞬きもしないで。……いいかい、オルタンス。——お前はリンゴなんだから。

リンゴになれ、と夫に命じられた画家の妻、オルタンス。セザンヌは生涯に油彩だけでも二十九点もの妻の肖像画を描いたという。《サント・ヴィクトワール山》や《リンゴのある静物》と同様、セザンヌは自分の妻を「動かざるモデル」として、好んで描いていた。

同じモティーフを選んで繰り返し描いたのは、セザンヌが頑固に独自の画法を追求したからだ。時間をかけて対象を分析しながら、着実に自分のものにしていく。それがセザンヌのスタイルだった。だから、山や静物のような動かざるモデルは理想的だっただろう。

そして彼の妻もまた、辛抱強く夫の目の前に座り続けた。セザンヌにとって、オルタンスは、ふるさとの山、サント・ヴィクトワール山であり、世界をあっといわせるいびつなリンゴだった。

《マダム・セザンヌ》を初めて見たときのことを、ロバートは、いまでもはっきりと思い出す。

一九三五年、ニューヨークのディーラーを介して、パリの画商、エティエンヌ・ビヌーから購入したのだ。

最初、ディーラーは作品の写真を持参して、ロバートに見せた。モノクロームの写真の中に画家の夫人は固い表情で収まっていた。

もともとは、全米屈指のモダン・アートの収集家、アルバート・C・バーンズ博士が所有していたのだが、博士が財団を設立する際、資金調達のために、数多く所有していたセザンヌ作品のうちから何点かが売却された。これはその中の一点で、パリへ「里帰り」した——ということだった。

この作品の購入を持ちかけられたとき、正直にいうと、絵の内容よりも「バーンズ博士が所蔵していた」という来歴（プロヴナンス）がロバートの関心を引いた。作品そのものは、モノクロームの写真で見る限り、傑作なのかどうかわからなかった。いずれにしてもバーンズ博士が売却したということは、彼がこの作品を死ぬまで自分の傍らに置きたいとは思わなかったから、とも考えられる。逆に、傑作ゆえに高額で売却できるからこそ放出した、とも。

いったいどっちなのだろうか。ほんものを見てみなければ見当がつかない。とにかく、パリからデトロイトへ運んでもらって、じっくり検分することにした。

その頃のロバートの住まいは、デトロイト中心街の東側にある瀟洒な住宅地、インディアン・ヴィレッジにあった。ある晴れ渡った秋の日の昼下がり、トラックに乗せられた大きな木箱が到着した。輸送人の男が二人掛かりで木箱をリビングに運び入れ、絨毯を敷き詰めた床に平置きにした。そして釘抜きとドライバーを使って、しっかりと固定された蓋を開けた。

その瞬間、真上からのぞき込んだロバートは息をのんだ。

色が――鮮やかな色彩が目に飛び込んできたのだ。モノクロームの写真からは想像もできなかった色が。

セザンヌ夫人――彼女の名前は「オルタンス」というのだとDIAのキュレーターに教えてもらった――は、透き通るような白い肌をしていて、頬はうっすらとバラ色に染まっていた。そしてなんということもない粗末な青いワンピースを身につけていた。が、その青は単純な青ではない。まるで朝焼けの空の色が溶け込んだような、なんともいえぬバラ色が混じった青。そのバラ色は、夫人の頬にほんのり差したバラ色と見事に呼応していた。

画家の夫人の体はかすかに歪(ゆが)んでおり、それによって彼女がいる画中空間も不思議な歪みを呈していた。絵全体にはずっしりとした重みがあり、大地に根を張る樹木の幹のようだった。それなのに、絵の中の彼女はいとも軽やかに浮かび上がって見える。樹木の幹にやわらかく絡(から)みつきながら芽吹く青いツタの葉にも似て。――いまにもカンヴァスの中から立ち上がって、こちらにむかって両手を差し伸べてくる、そんなまぼろしがふと浮かんだ。

そして何よりも、彼女の表情。貴婦人の肖像画のようにゆったりと微笑んでもいなければ、法悦のマグダラのマリアのように恍惚(こうこつ)としているわけでもない。生真面(きまじ)目(め)にきゅっと口を結び、こちらを一心にみつめる目。小さな、ごく小さな光の粒が瞳の奥に宿ってふるえている。

彼女の目をみつめ返すうちに、ロバートの頬にやわらかな微笑が広がった。

――なんと気難しい、一生懸命な顔をしているんだろう。

彼女は、聖母でも女神でもなければ、姫君でも貴婦人でもない。ごくふつうの、どこにでもいるような女性だ。それに、絵に描かれるほどの特別な美人かと問われれば、そうとは言えない。

けれど……。

このままずっと、いつまでもみつめられたい。そして、みつめていたい。

彼女と一緒に暮らしてみたい。このさき、自分の人生にずっと寄り添ってもらいたい。

寂しいときも、悲しいときも、病めるときも……死がふたりを分かつまで。

そんな思いが心をよぎった。——ずっと会いたかった人にようやく会えた、と。

そのときからずっと、《マダム・セザンヌ》はロバートとともにあった。

ロバートがモダン・アートの真のすばらしさを体得するきっかけを与えてくれたのは、ポール・セザンヌの作品であった。

もともとヨーロッパ美術が好きで、十八、十九世紀のヨーロッパ絵画や銀製品をせっせと買い集めてはＤＩＡに寄贈してきた「若きコレクター」ロバートは、モダン・アートに関しては、ぴんときていなかった。本物の作品は見る機会がなかったが、雑誌やカタログの写真で見る限り、何が描いてあるのか判別不能なものや、荒々しいタッチのものなど、理解の範疇を超える作品ばかりのように思われた。とはいえ、新しもの好きの富裕層の人々や好奇心旺盛なコレクターが、パリへ渡ってモダン・アートを購入しアメリカに持ち帰っているという話を耳にして、興味を持ってはいた。

ロバートが本格的にモダン・アートに触れたのは、一九二二年、ＤＩＡが初めてモダン・アートの作品を展示したときのことだ。デトロイト市は、後に館長となるドイツ人美術史家ヴィルヘルム・Ｒ・ヴァレンティナーの勧めによって、何点かのモダン・アートの作品の購入を決めた。ＤＩＡの支援者を招いてお披露目の展示会が催され、ロバートも招待客のひとりだった。

わけのわからない作品はとうてい受入れられないのではないかと思っていたが、ロバートは、驚くほどすんなりとそれが自分の中に入ってくるのを感じた。暴れ狂うタッチと色彩、奥行きのない画面、でこぼこの表面。そのすべてが新鮮で、好奇心がそそられた。特にフィンセント・ファン・ゴッホの《自画像》と、アンリ・マ

Robert H. Tannahill Wing

ティスの《窓》には、画中にぐっと引き込まれる感覚があった。ゴッホの作品の前からなかなか離れられずにいると、ヴァレンティナーが近づいてきて、ロバートに挨拶をした。そして言った。

——あなたがご関心を寄せておられるこの作品は、アメリカ合衆国の公立美術館が初めて購入したフィンセント・ファン・ゴッホの作品です。この画家は、いずれ、もっともっと評価されるようになるでしょう。そちらの作品の画家、アンリ・マティス然りです。

会場を後にしてからも、ゴッホとマティスの二点がずっと心に引っ掛かっていた。その日からDIAを訪ねれば、必ずこの二点が展示されている部屋をのぞいて帰るようになった。しかしながら、自らが購入する作品は、やはりお決まりのヨーロッパ名画ばかりであった。

一九二五年、パリで二十五年ぶりに万国博覧会が開催された。第一次世界大戦が終結したあと、ようやく活気が戻ったパリで、産業と芸術の両方に影響を与えていた「アール・デコ」に焦点を当てた博覧会であった。ロバートは、社交界の友人たちとともに、パリ万博を視察がてら、イタリアやイギリスやオーストリアなど、ヨーロッパ諸国を巡る旅に出た。

初めはイタリアへ。ローマ、ラヴェンナ、ボローニャ、フィレンツェ。アッシジ、ペルージャ、アレッツォ、ナポリ。見事な遺跡や芸術の数々を堪能し、イタリアが育んできた長い歴史と伝統に幾度となくため息を漏らした。ジョット、ミケランジェロ、カラヴァッジョ……彼らを超える芸術家はとうてい現れまい、ひょっとすると未来永劫に。

ローマ時代からルネッサンスを経てバロックに至るまで、悠久の芸術にすっかり心を奪われたのち、ロバートたち一行はパリに到着した。

ローマやフィレンツェの古めかしい街並みに慣れた目で眺めるパリは、不思議ななつかしさをたたえていた。決して最先端ではない、けれど、自分たちが生きている現在と地続きになっている。ローマのようにはるかにかけ離れた過去が堆積した街とは違って、この街には「いま」がある。いま起こっている何かがある。だから親しみを覚えるのだろうか。

仲間たちとともに、ルーヴル美術館で壮大なコレクションをひとしきり鑑賞したロバートは、ふと、ヴァレンティナーの言葉を思い出した。旅立つまえにＤＩＡを訪問したとき、彼にアドヴァイスを受けたのだ。

――パリに行ったら、是非、立ち寄っていただきたい画廊があります。アンブロワーズ・ヴォラールという画商の店です。彼は、名もない前衛画家たちの作品を早くから見出し、押し出してきました。大変な目利きです。彼の扱っている画家の作品は、どれも一見の価値があります。

すっかり疲れてしまった一行をカフェに残し、ロバートは、ひとり、ヴォラールの店へと出向いた。そのショーウィンドウに飾ってあったのが、ポール・セザンヌの静物画だった。

白いクロスがかかったテーブルの上に転がるリンゴ。光沢のあるいびつなかたち。まったく不思議なことに、ロバートは、そのリンゴをみつめるうちに、口の中が酸っぱくなってくるのを感じた。そのリンゴは現実離れしたかたちであるのに、甘酸っぱい香りと味がしたのだ――。

――あのとき、私はリンゴをかじった。確かに、ひと口、かじってしまった。

グロース・ポワントの邸のリビングで、《マダム・セザンヌ》に向き合いながら、ロバートは初めてセザンヌの作品を見た瞬間を思い出していた。

あのときのことを、いまでもときどき思い出す。そのたびに、リンゴの甘酸っぱさが口の中に蘇ってくる。

ローマ時代も、ルネッサンスも、バロックも、それぞれにすばらしい。けれど、自分たちが生きているいま、この時代に直接繫がっている作品を生み出す画家たちこそが、自分にとってはもっとも親しみが湧くじゃないか——そう気がついた。

それから十年後。巡り巡って、《マダム・セザンヌ》がデトロイトに、自分のもとにやってきた。

いつまでもみつめられたい。そして、みつめていたい。

その気持ちは、ずっと変わっていない。おそらく……。

「……おそらく、死ぬまで変わらないんだろうな」

声に出して、ロバートはつぶやいた。

絵の中のオルタンスが、固く結んだくちびるをかすかに動かした気がした。

耳を澄ますと、湖から吹きくる風が窓ガラスを揺らす音が聞こえるばかりだった。

その年の秋、ロバート・タナヒルは、永遠の旅路についた。

《マダム・セザンヌ》は、ロバートの遺志通り、ＤＩＡの一室の壁に掛けられた。

それからずっと、小さな光を宿したふるえる瞳で、彼女のもとを訪れる人々をみつめ続けている。

第三章　ジェフリー・マクノイド《予期せぬ訪問者》二〇一三年

出勤まえの朝のひととき、イースト・ワーレン・アヴェニューにあるカフェ「ラリーズ」に立ち寄って、熱々のコーヒーを一杯飲んでいくのが、ジェフリー・マクノイドのお気に入りの習慣だった。

なんということのないカフェである。ジェフリーと同様、出勤まえにコーヒーを一杯飲みに立ち寄る人々、フライド・エッグにカリカリに焼いたベーコン、そしてキツネ色に焼きあがったトーストの朝食を食べながら新聞を広げる常連客が、ほどよくテーブルを埋めている。ジェフリーの定位置は、カウンターのいちばん奥と決まっていた。

ＤＩＡにコレクション担当チーフ・キュレーターとして勤め始めてから、すでに十五年になる。前職は、ＳＦＭＯＭＡ（サンフランシスコ近代美術館）のアシスタント・キュレーターだった。いずれアメリカ国内のどこかの美術館でキュレーターになることを狙っていたジェフリーは、DIAでキュレーターを募集しているとの情報をキャッチするや、すぐに面接を申し入れた。それからは自分でもびっくりするほどとんとん拍子に話が進み、応募の三ヶ月後にはデトロイトに移住、DIAに通い始めていた。

いつだったか、ずっと昔、母に教えられたことがある。――どんなことでも、それだけは絶対に実現させたいと思っている何かがあったら、思っているだけじゃなくて、そのために行動してごらんなさい。そうすれば、必ず実現するわ――と。まさに、これが「それ」だったんだな、と、ふいに思い出しては微笑する。

アメリカ人の父とフランス人の母のもとに、ジェフリーは生まれた。サンフランシスコの新聞記者だった父がパリに駐在していたときに、オフィスでアシスタントとして働いていた母と知り合い、付き合うようになったという。

ふたりは一緒にサンフランシスコに戻って結婚し、ジェフリーが生まれたが、ひとり息子が十歳のときに離婚した。母はフランス語の教師をしてジェフリーを育て、UCLAに通わせ、パリ大学に留学までさせてくれた。ジェフリーはフランス近代美術史を学び、地元のＳＦＭＯＭＡにアシスタント・キュレーターとして就職を決めた。自分の夢をひとつひとつかなえていく息子の姿を見守り続けてくれた母は、ジェフリーがＳＦＭＯＭＡで働き始めた直後に病気で他界したのだった。

生まれ育ったサンフランシスコを離れて、デトロイトに移住することに抵抗がなかったといえば嘘になる。が、ＤＩＡはジェフリーにとって特別な美術館だった。自分のこの先の人生を捧げてもかまわないと思うほど、特別な美術館。彼は強くまっすぐにそう信じていた。

彼がなぜそこまでＤＩＡに思い入れがあったかといえば、ＤＩＡには彼が大学時代から研究し続けているポール・セザンヌが自分の妻を描いた肖像画——《マダム・セザンヌ》があるからだった。

この作品を見るために、ジェフリーは何度もデトロイトを訪問した。初めて訪問したときは、大学の友人たちと一緒のグループ旅行だったが、街なかが荒んでいる印象をもった。それでも見事なアール・デコ建築やミノル・ヤマサキが設計したビルなど、街自体の見所も多々あったし、アメリカが世界に誇る自動車産業が栄えた都市である。アメリカのものづくりの精神が、ここで脈々と生きているような気がした。

　何よりもＤＩＡは心躍る美術館だった。ジェフリーは、ＳＦＭＯＭＡのコレクションにも収蔵されているセザンヌ作品を研究対象にしようとなんとなく決めていたのだが、ＤＩＡで《マダム・セザンヌ》に対峙したとき、ひと目でこの作品が気に入ってしまった。

　セザンヌ中期の特徴がどうだとか、堅牢な色面と構成がどうだとか、専門的なことはどうでもよかった。ジェフリーは、なんといってもこの作品の中心に大木のようにどっしりと座っている女性――けれどどこかしら風になびく梢の軽やかさも備えている――を、好きになってしまったのだ。セザンヌを、そしてこの肖像画の女性、オルタンスを――《マダム・セザンヌ》を、どこまでも追いかけてみたい、と思ったのだ。

　だから、郷里を離れてこの街にやってくるのは、ジェフリーにとってある種の必然だった。これからは、毎日オルタンスに会える。心ゆくまで《マダム・セザンヌ》と会話できるのだ。まるで若い頃の母にもう一度巡り会えたような心持ちだった。

結果的に、ＤＩＡの職員だった女性と結婚し、一男一女にも恵まれて、幸せな家庭を築いたのだから、やはりデトロイトに来たことは間違っていなかったと、自信を持って言うことができる。

ＤＩＡのコレクションは、幅広い時代と領域をカバーしている。中でも、印象派・後期印象派・近代美術の充実ぶりは、全米屈指と言ってもいい。ゴッホやマティスの作品は、アメリカのほかの公立美術館に先駆けて購入した歴史をもつ。また、すぐれた作品を寄贈するコレクターや懐深い(ふところぶか)パトロンにも恵まれた。セザンヌの作品も、ＤＩＡの歴史に燦然(さんぜん)と名を残すコレクター、ロバート・タナヒルが所有していたものだ。タナヒルは、秀逸なモダン・アート・コレクションを、彼の死後、そっくりＤＩＡに寄贈してくれた。

ＤＩＡの所蔵品を調査する過程で、ジェフリーは、ロバート・タナヒル・コレクションの形成についてもつぶさに調べ上げ、「ロバート・タナヒル・コレクション」のカタログも著した。その結果、ひとりのコレクターの情熱が、大きなうねりとなり、やがて美術史の大河に合流して、世代を超えて伝えられ、残されていくコレクションを作り上げたのだと身をもって知った。

もしもタナヒルが、当時はまだ評価の定まっていなかったモダン・アートの数々を自らのコレクションに加えようと考えなかったら、ＤＩＡのコレクションはこれほどまでに深みのあるものにはならなかったかもしれない、そして自分もデトロイトへ移住することはなかったかもしれない——。そう思えば、タナヒルのセンスと英断に感謝したい気持ちでいっぱいになるのだった。

愛する家族と職場の気さくな仲間たちに囲まれ、ＤＩＡのすばらしいコレクションを研究し、展覧会を企画する仕事に打ち込む。この上なく充実した幸福な人生を、ジェフリーは送っていた。そして、そんな日々がこれからもずっと続くと思っていた。——そう、つい今朝までは。

「おはよう、ジェフリー。コーヒーでいいかい？」

カウンターのいちばん奥の席に座ると、店主のラリーが気さくに声をかけてきた。

「おはよう、ラリー。とびきり熱いやつを頼むよ」

ジェフリーが応えた。一分と経たずに、マグカップに入れられた熱いコーヒーが出てきた。と同時に、ラリーが心配そうな表情を作った。

「ニュース見たよ。……なあ、冗談だろう？」

「なんのことだい？」とジェフリーは、コーヒーをひと口すすって訊き返した。

「だから……このいかれた街の『破綻の穴埋め』のことさ」

ひそひそ声になって、ラリーが言った。

「今朝の『デトロイト・フリー・プレス』のトップニュースになってたじゃないか。デトロイト市がまもなく『破産』するってことは、もうデトロイターなら誰だってわかってる。だが……おれはてっきり、いっそ破産宣告したら債権者への負債は全部、免れるようになってるのかと思ってたよ。どうやらそういうことじゃないらしいな。返済のためのありとあらゆる努力をしなくちゃならんと。……まあ、よく考えてみりゃあ、当たり前のことなんだが……それにしても……」

苦々しい表情を浮かべて、ラリーは続けた。

「いちばん金になりそうなものだからって……いくらなんでもＤＩＡのコレクションを売っ払わなくたっていいんじゃないのか？」

ジェフリーは、黙って年季の入ったカウンターに視線を落としていた。コーヒーを続けてふた口すすると、「ごちそうさん」と言って、すぐに席を立った。

「その件に関してはなんとも言えないよ。僕はいまのところ何も聞いていないんでね。……にしても、あんまりゴシップに踊らされないでくれよ、ラリー。君の常連客への影響力は半端じゃないんだから」

「ああ、わかった。このカウンターで話題にしたりしないさ。まあ、こんなおんぼろカフェでも、弁護士も判事も来るからね。市長は来たことたあないが……」

「よろしく頼むよ。じゃあ、また」

カウンターにコーヒー代を置いて、ジェフリーは店を出た。パーキングに駐めている車に向かって歩きながら、靄のような不安が胸のうちを覆うのを感じていた。

デトロイト市財政破綻　DIAのコレクション　売却へ

今朝、自宅のダイニング・テーブルで広げた新聞「デトロイト・フリー・プレス」の一面に躍っていた文字をみつけて、ジェフリーは目を疑った。

――なんだって？

一瞬、血の気が引くのを感じた。あわてて記事に目を通す。

去る三月一日、デトロイト市が債務超過状態にあることから、同市の財政危機宣告をしたミシガン州知事は、緊急財務管理者を任命した。

このまま同市が財政破綻すれば、破算自治体としての負債総額は百八十億ドルに上ると見込まれ、全米で過去最大になる。その場合、債権者の反発を買うのは必至であり、デトロイト市はDIAのコレクションを売却し返済に充てることも検討せざるを得ない状況に追い込まれている。

……まさか。

デトロイト市が、このままいけばそう遠くないうちに財政破綻して破産を宣告されることは、すでに周知の事実であった。市の施設であるDIAでも、まもなく大規模なリストラを余儀なくされるであろうという噂が職員のあいだで囁かれていた。

しかし、まさか、コレクションを売却するなどということは——あり得ない。

「デトロイト・フリー・プレス」がすっぱ抜いたのか？　誰が情報源なんだ。いや、違う、こんなものは作り話だ。そんなことが起こるはずがないじゃないか——と、千々に乱れる思いを抱いて、「ラリーズ」に立ち寄った。が、店主のラリーにまで指摘されてしまった。経済的に追い詰められたデトロイト市において、いちばん金になりそうなものはＤＩＡのコレクションなのだということを。

スタッフ・エントランスからエレベーターに乗り、二階奥のオフィスへと足早に歩いていく。おはよう、と言い交わす職場の仲間たちの表情が、心なしか硬い気がする。

自分のデスクに着席するやいなや、ジェフリーは内線電話の受話器を取り上げた。広報の責任者、アネット・レイヤーに、まずはことの次第を聞かなければならない。しばらく呼び出したが、なかなか応答がない。すでに問い合わせが殺到しているに違いなかった。

せわしなくドアをノックする音がした。「どうぞ」と応えると、アシスタントのレイチェルがドアの隙間(すきま)から顔をのぞかせた。

「おはようございます。あの……朝いちばんで、電話がかかってきて……面会の中し入れがあったのですが」

悪い予感がした。が、「そう。誰だい？」と、さりげなく訊き返した。

レイチェルは、気まずそうな表情を隠せないままに、答えた。

「『クリスティーズ』からです。……ＤＩＡのコレクションの査定のために、来週中に一度お目にかかりたいと」


その日、デトロイト市内は雨に包まれていた。

連日の熱帯夜を少しでも冷ましてくれればいいと、信号待ちをしながら、ジェフリーはぼんやりと考えていた。

車のワイパーで三秒おきに拭われる街の風景。通りを走る車はまばらで、舗道を歩く人影もない。

次の信号を過ぎれば、もうすぐＤＩＡが現れる。白く輝く石造りの建物の正面入り口には、アメリカ国旗とミシガン州旗が高々と掲げられている。誇り高い旗は、もう百年近くものあいだ、ずっとデトロイトの空ではためき続けてきた。晴れの日も、雨の日も、雪の日も。

信号でウィンカーを出し、大きくハンドルを切って、美術館とは反対方向へあてずっぽうに走ってみようか――などと、ふと思う。

そうだ――いまDIAに行っても、何もいいことはないのだから。

何年も企画をあたためて、ようやく実現に向けて動き始めていた「セザンヌとその時代」の展覧会は、進行が止まってしまい、開催中止の可能性が出てきた。スタッフは皆、心労でぐったりし、眠れぬ夜を過ごしているようだ。

連日、市民からの問い合わせや苦情が殺到している。――ほんとうにDIAのコレクションは売却されるのか？　そうなったら市民はもうコレクションを見ることができなくなるのか？　売却されたら作品はどこへ行ってしまうのか？　美術館は閉鎖されるのか？

その一方で、債権者や市の年金受給者からの圧力も想像を絶するほど激しかった。

――市は売却できるものは即刻売却して一ドルでも多く換金し、自分たちへの返済に充てるべきだ。だからDIAのコレクションを売却するのは当然の成り行きだ。デトロイト市はゴッホではなく年金受給者を救うべきだ。

債権者や年金受給者が困り果てているのに、ＤＩＡはこれからものうのうと作品を展示し続けるつもりなのか？

そんな声が続々とＤＩＡに寄せられていた。市民からの意見や苦情には広報チームが対応していたが、コレクション担当キュレーターであるジェフリーのもとにも、彼らの声は日々届けられていた。

ＤＩＡの職員たちは、コレクションの行く末ばかりか自分たちの行く末すらもどうなるかわからず、もはや明日のことを考えるのがおっくうなほど、誰もが疲弊していた。

七月十八日、デトロイト市はミシガン州連邦破産裁判所に連邦破産法第九章の適用を申請、事実上の財政破綻となった。負債総額は百八十億ドルを超え、アメリカの自治体の破綻としては過去最大となった。

市は現在、年内をめどに裁判所に提出する債務調整計画案を策定中であり、年金受給者を含めた市の職員の待遇の見直し、市が所有する資産の洗い出しを進めている。市の資産には土地や空港、そして美術館とその所蔵品も含まれている。

およそ四ヶ月まえ、ミシガン州知事によるデトロイト市の財政危機宣告が発表された直後のこと、DIAに予期せぬ来訪者があった。クリスティーズ・ニューヨークの査定チームである。彼らは、ミシガン州から派遣された緊急財政管理官レイモンド・ミラーの指示のもとに、いち早くDIAへ送り込まれたのだった。

DIAの最高執行責任者（COO）マーガレット・アービー、館長レスリー・エイムスとともに、DIAのコレクション担当チーフ・キュレーターであるジェフリーは、査定チームとの面談に臨んだ。

クリスティーズの査定チームの三人の男たちは、それぞれにダークスーツをきっちりと着込み、生真面目（きまじめ）な面持ちを一度も崩さなかった。そして、着席するやいなや、コレクションのリストの提出を申し入れた。なんの説明もないままリストの提出はできないと、マーガレットが反発したが、「それは私たちの業務ではありません。説明責任はデトロイト市にあります」との一点張りだった。

彼らの訪問のまえに、ミラーからレスリーに対してコレクション・リストの提出の申し入れがあったということだったが、その際にもほとんど説明はなかったという。

結局、DIAはクリスティーズにリストを提出せざるを得なかった。DIAがデトロイト市の管轄する施設である限り、市の意向にさからうことは許されなかった。

新聞にスクープされた通りだった。デトロイト市は、ＤＩＡコレクションの売却を検討し始めていた。デトロイト市の財産の中で、もっとも換金性が高く、もっとも価値があるもの。それは、土地よりも空港よりも、ＤＩＡが所蔵する美術品であることは、誰の目にも明らかだった。

デトロイト市の財政危機が宣告されてまもなく、債務返済のためにＤＩＡのコレクション売却が検討されていることが公になった。いよいよ市民から反対の声が激しくなった。ＤＩＡのコレクションはデトロイト市のものではない、自分たち市民のものであるというのが、コレクション売却反対を唱える人々の共通した意見だった。一方で、デトロイト市の退職公務員たちの多くは、年金が大幅カットされては生きていけない、美術品を売却して年金支給を維持するのは市として当然のことだと主張した。

もしもコレクションが売却されれば、美術館は閉鎖される可能性が高い。そうなれば職員は全員解雇となるだろう。すでに次の就職先を探し始めている者もいた。ぐずぐずしてはいられないのが現実だった。

ジェフリーは、自分でも滑稽（こっけい）なくらいうろたえていた。自分には守るべき家族と日々の暮らしがある。ＤＩＡに固執していては、自分たちの生活も破綻しかねない。かといって、コレクションの責任者である自分がまっさきに沈没する船から脱出するわけにはいかない。日々焦燥が募っていった。

何より苦しかったのは、ＤＩＡのコレクションが急に遠くへ連れ去られてしまったような気がしたことだ。もちろん、作品は何ひとつ動かされてはおらず、展示室の壁に掛けられたままだ。それなのに、もう手が届かない気がして、言いようのない不安に苛（さいな）まれた。

出勤まえに「ラリーズ」に立ち寄ることもなくなっていた。それどころか、出勤することすら苦痛になっていた。

きっとどうにかなる、という淡い希望と、もうだめだ、という絶望がない交ぜになってジェフリーを苦しめた。それでも、この先どうなろうとコレクションの行く末を見届けなければならない、それが自分に残された最後の使命だと自らを励まして、どうにか職場へと出向いていた。

雨の中にひっそりと佇（たたず）むＤＩＡの白亜の建物は、巨大な墓標のようだった。

オフィスにも活気がなく、職員は皆硬い表情のままでパソコンに向き合っている。まるで告別式のようだと、寒々しい思いでジェフリーは自分のデスクに着席した。

と、すぐにドアをノックする音がした。「どうぞ」と応えると、アシスタントのレイチェルがドアを開けて入ってきた。

「おはようございます。あの……『ロバート・タナヒル・コレクション』のカタログの著者に面会したいという方が、モダン・アートのギャラリーで待っておられるんですが……」

もう十年以上まえに出版されたものだったが、タナヒル・コレクションのカタログの著者はジェフリーであった。

「そう。誰だい？」

予期せぬ訪問者を、いまはあまり歓迎したくなかった。が、レイチェルの答えに、ジェフリーはかすかに興味を動かされた。

「ミスタ・フレッド・ウィルという、一般のデトロイト市民だそうです」

朝焼けがやわらかく溶け込んだような、バラ色がかった青。しっとりとした青のワンピースを身につけて、少し不機嫌そうな表情で座っている女性の肖像画。

《マダム・セザンヌ》の前に、その男性は佇んでいた。

モダン・アートのギャラリーは、開館直後だというのに、大勢の人々でにぎわっていた。皮肉なことに、「コレクション売却の危機」のニュースが巷に流れてから、DIAの来館者数は急に増えた。デトロイトにはそんなにすごい美術品があるのか、と初めて知った人や、もう見られなくなってしまうかもしれないからいまのうちに見ておこう、とやって来る人などが、瀕死の美術館をにぎわしていたのだった。

「こんにちは、フレッド。チーフ・キュレーターのジェフリー・マクノイドです」

《マダム・セザンヌ》の前に佇む背中に向かって、ジェフリーは声をかけた。白髪のアフリカン・アメリカンの男性、フレッドは、振り向いてジェフリーと目を合わすと、人なつこい笑みをこぼした。

「やあ、はじめまして。お会いできてうれしいです」

ふたりはしっかりと握手を交わした。ジェフリーは、この初対面の老人にたちまち親しみを覚えた。最近、初対面の人物とは後ろ向きの話しかしてこなかったので、誰かと会うときにはいつも猜疑心を持ち、身構えてしまっていた。それは間違ったことなのだと、フレッドに会った瞬間に、ふと気がついた。

「奥様とご一緒に、いつもここへ来ていただいていたそうですね」

ジェフリーの言葉に、フレッドはうなずいた。

「そうです。残念ながら、妻は私よりさきに天国へ行ってしまいましたが……」

そう静かに言って、言葉を続けた。

「私は生粋のデトロイターで、十代の頃から自動車工場で働いてきましてね。美術館にはとんと縁のない人生でした。そんな私にＤＩＡに来る楽しみを教えてくれたのは、妻でした」

連れ添って四十余年、子供には恵まれずにふたりきりで暮らしてきた。フレッドは昇格の機会も与えられない一溶接工で、じゅうぶんな収入もなく、財産といえば親から引き継いだ築百年以上の古い家だけ。たいしたことは何ひとつ妻にしてはやれなかった。けれどジェシカは、文句や泣き言を口にしたことは一度もなかった。パートタイムの収入で家計を支えながら、いつも笑顔を絶やさなかった。そして、友だちに会いにいきましょう、と、ことあるごとにフレッドをＤＩＡへと誘ってくれた。

「DIAに友だちがいたのですか？」

ジェフリーが尋ねると、フレッドは、にっこりと笑顔になった。

「ええ、いますとも。……ほら、こんなにたくさん」

ぐるりと頭(こうべ)を巡らせて、ギャラリー内に展示してある作品の数々をさも愛(いと)おしそうに眺めた。

――アートはあたしの友だち。だから、DIAは、あたしの「友だちの家」なの。

ジェシカは、そんなふうに言って、フレッドとともに「友だちの家」を訪ねることをそれはそれは楽しみにしていた。何度となく来館するうちに、ふたりとも、数ある作品の中でもっとも魅(ひ)かれる作品がどれであるのか――つまり、もっとも「気の合う友人」が誰であるのか、だんだんわかってきた。それがこの作品《マダム・セザンヌ》だった。

友だちのことをもっと知ろうと、フレッドとジェシカはキュレーターズ・ガイド・ツアーに参加したり、セザンヌに関する本を図書館で読んだりもした。画家の夫人の名前がオルタンスということも、その名前がフランス語の「あじさい(オルタンシア)」に由来しているということも知り、興味を深めていった。

あるとき、そもそもオルタンスはどうしてここへやって来たんだろう？　と気になって、図書館で調べてみた。そして、ジェフリーが著した「タナヒル・コレクション」のカタログをみつけ、ロバート・タナヒルという生粋のデトロイターのコレクターによる遺贈であることを知った。

若い頃から熱心に美術品を収集していたタナヒルは、あるときモダン・アートに目覚め、やがてセザンヌやピカソのすばらしい作品に巡り合う。《マダム・セザンヌ》は、特別に思い入れがあった一点だったのだろう、彼が亡くなるまでデトロイト郊外にある自宅のリビングの壁に飾られていた。

一九七〇年、遺言に基づき、ロバート・タナヒル・コレクションはＤＩＡに寄贈された。そのときからずっと、デトロイト市民のみならず、世界中の人々に愛され、ＤＩＡとともにある――。

「この作品の背後にある物語を知って、なんていうか、タナヒルと自分たちとが、すうっと一本の糸で繋がった気がしたんです。もちろん、あっちは億万長者で、こっちはしがない溶接工。くらべようもない。だけど……」

そこまで言って、フレッドは、《マダム・セザンヌ》に視線を移した。

「アートを愛する気持ちは、金持ちだろうが貧乏人だろうが、どんな肌の色だろうが、関係ありません。彼女は……オルタンスは、私らみんなの友だちなんだ。だから、タナヒルだって友だちじゃないか、って思えてきてね」

フレッドの話に耳を傾けていたジェフリーは、やわらかく微笑(ほほえ)んだ。フレッドは、肩をすくめた。

「すみません。おかしなことを言ってしまって……」

ジェフリーは、黙って首を横に振った。何か言いたかったけれど、胸に熱いものがこみ上げてしまって、どんな言葉も出てこなかった。

フレッドは、静かにジェフリーをみつめていたが、やがて、はき古したジーンズのポケットに手を突っ込んで、皺(しわ)くちゃの紙片を取り出した。そして、ジェフリーに向かって「……これを」と差し出した。

手渡された紙片を見て、ジェフリーは、はっとした。

それは、小切手だった。額面は五百ドル、支払先には「Detroit Institute of Arts」と書かれてある。「Fred Will」と署名もされていた。

ジェフリーは驚きのまなざしをフレッドに向けた。フレッドは、ごくおだやかな声で「受け取ってください」と言った。

「私は年金生活者だから、その金額が精一杯なんですが……ほんのわずかでも、寄付をしたいんです」

今回のデトロイト市の財政破綻で、市の職員だった人たちの年金が大幅にカットされれば、彼らがどんなに困るか想像して余りある。そうならないためにも、市の資産をできる限り処分して換金すべきだという声が上がるのも理解できる。けれど、ＤＩＡのコレクションを売却することだけは、なんとしても避けてほしい。

ロバート・タナヒルや偉大なコレクターたちが情熱を注ぎ収集した作品の数々。自分たち市民が長いあいだ身近に親しんできたアート。それが、ＤＩＡのコレクションなのだ。

もしもコレクションが売却されれば、二度とこの街に戻ってくることはないだろう。ふるさとの家を追われた友だちに、私たちはもう会うことができないだろう。

そんなことがあってはならない。——絶対に、あってはならないのだ。

「そう思っているのは私ばかりじゃない。多くのデトロイト市民、いや、この国の大勢の人々がそう感じているはずです。そして……危機に直面しているDIAに、手を貸したいと願っているはずです。なぜなら……DIAのコレクションは『高額な美術品』じゃない。私たちみんなの『友だち』だから」

助けたいのです。——友を。

フレッドの言葉に、凍えきっていたジェフリーの心が、少しずつ、少しずつ、解け始めていた。

ジェフリーは、両手の中の小切手に視線を落とした。

降り続く雨の中で、美術館の正面入り口に掲げられたふたつの旗がそぼ濡れていた。——恵みの雨かもしれなかった。

第四章　デトロイト美術館《奇跡》　二〇一三—二〇一五年

目が醒めるほどの青空がいっぱいに広がった初冬の朝、ジェフリー・マクノイドは出発予定時刻よりも一時間早く家を出た。

白い息を吐きながら、愛車のフォード・モンデオ・ワゴンに乗り込む。デトロイトに引っ越してきたときにフォード車に乗り始めて、これが四台目だ。サンフランシスコではシトロエンに乗っていたのだが、せっかくデトロイトに来たのだからと「地元」の車に乗り換えた。この街とここで製造された車がアメリカを支えていた時代もあったのだ。そのことを忘れたくなかった。

ハンドルを握ると、凍傷になりそうなほどの冷たさである。エンジンをかけて、温風を全開にする。表通りへ出ると、路上のあちこちから真っ白な煙がもうもうと上がっている。マンホールから吹き出す蒸気だ。道路の下には一世紀以上もまえに敷設されたセントラル・ヒーティングのパイプが張り巡らされている。寒い朝には、そこから漏れ出す蒸気がストリートをクリーニング屋の店先のような風景に変えてしまう。

その日、デトロイトのダウンタウンにあるセオドア・レヴィン連邦裁判所で、重要な会議——裁判ではなく、あくまでも会議だ——が開かれることになっていた。

ジェフリーは、その会議に傍聴者として参加することを許されていた。自分が発言する機会はおそらくないとわかっていたが、この会議の成り行きをどうしても見定めたかった。——DIAの存続がかかった大一番の会議になるはずだ。

昨夜はなかなか寝つけず、何度も寝返りをうってはため息をついた。そのうちに、隣に横たわっていた妻がベッドから抜け出し、ホットミルクを持ってきてくれた。そして言った。——明日の朝いちばんの行き先を変えてみたら？　裁判所じゃなくて、いつも行き慣れている場所に。

妻のアドヴァイスの通りだった。明日の朝いちばんで行くのは、裁判所じゃなくて「ラリーズ」だ。そう思ったとたん、急に気が楽になった。ホットミルクを半分も飲まないうちにあくびが出て、すとんと眠りに落ちたのだった。

「ラリーズ」のすぐ前に駐車しようとしたのだが、旧型のフォード・マスタングに陣取られてしまっていた。ポンコツだが隅々までていねいに磨かれた車を見て、ジェフリーは思わず微笑んだ。

ドアを開けて店内に入っていくと、カウンターのいちばん奥からひとつ手前の席でコーヒーをすすっている白髪頭のアフリカン・アメリカンの男性をみつけた。にっこりと笑って、ジェフリーは彼の隣に腰掛けた。

「おはよう、フレッド」

呼びかけられて、フレッドはこちらを向いた。白い歯をこぼして、彼もたちまち笑顔になった。ふたりは肩を叩き合った。

「やあジェフリー。やっぱり来たか」

「やっぱり？　僕がここに立ち寄る気がしたのかい？」

「ああ、そうとも。だからわざわざ来たんだ。いつもなら、この時間、おれはうちでトーストとミルクコーヒーの朝食をとっているところだ。『ラリーズ』に来るのは、ＤＩＡの行き帰りのことが多いからね。……今日は特別な日になるって、このまえ言っていただろう？　あのとき、ずいぶん緊張してたから……いつものように、ここに立ち寄って、気持ちをほぐしていけばいいのにな、って、ゆうべ寝るまえに思ったんだよ。それで、きっとそうするだろうな、って」

「へえ、ほんとうかい？」ジェフリーは興味深そうな声で言った。

「それで、わざわざ来てくれたのかい？」

「そうともさ」フレッドが、どこかしら満足げに答えた。

「わざわざ来たのさ。立ち寄らないかもしれない君の顔を見るために」

外国に留学中の息子がふいに帰ってくる気がして、とにかく空港の到着ロビーまで来てしまった。そんな口調だった。

ジェフリーとフレッドの交流は、その年の夏にＤＩＡで会ってから始まった。ＤＩＡの近くにあるカフェ「ラリーズ」でたまたま顔を合わせてからは、親しく話し込む仲になった。

デトロイト市が財政破綻（はたん）してからというもの、誰に会ってもとにかく後ろ向きの話題しかなく、気がめいっていたジェフリーだったが、ＤＩＡのコレクションになっているアートを「友だち」と呼び、美術館は「友だちの家」だと言うフレッドに、不思議な親しみを感じていた。

フレッドと話しているときだけは、美術館は消えてなくならない、と信じることができた。フレッドのような市民に愛され、支持されている限り、この美術館とコレクションはここにある――永遠に、ここにあり続けるはずだ。現実逃避かもしれなかったが、そう思いたかった。

フレッドが手渡した小切手の額面は五百ドル。百八十億ドルの負債を抱えて破綻したデトロイト市にしてみれば、ごくごく小さな金額である。けれど、ひとり暮らしの年金生活者にとっては、一ヶ月の生活費の半分に当たる額だ。ジェフリーは、「友」を助けたい――と訴えるフレッドの真心に打たれた。

絶望するのはまだ早い。もうだめだと結論してしまえるほど、自分はがむしゃらに現実に立ち向かっただろうか？　まだ何もしていないじゃないか。

フレッドは違う。――行動したのだ。ＤＩＡのために。コレクションのために。彼の「友だち」のために。

ほんとうに困っているときには手を差し伸べる。理由なんかいらない。躊躇（ちゅうちょ）する必要もない。だって、友だちなんだから――。

ジェフリーとフレッドは、カウンターで隣同士に座って、いつも通りに会話を楽しんだ。今日の天気、デトロイト・タイガースのこと、フレッドの家の水道管が寒くて凍りついてしまったこと、もうすぐ来るクリスマスのこと。

カウンターの向こうに掛かっている時計の針が八時半を指していた。「そろそろ行くよ」と、ジェフリーが立ち上がった。

「……会えてよかった」

そうか、と応えて、フレッドがジェフリーの肩をぽん、と叩いた。そして、父親のようなまなざしを向けて、言った。

「会えてよかったとも」

店の外に出ると、もうもうと水蒸気がマンホールから立ち上っているのが見えた。ようやく力を増してきた朝日が白煙をオレンジ色に染めていた。

デトロイトの中心部、ウエスト・ラファイエット大通りに面した歴史的建造物、セオドア・レヴィン連邦裁判所。その七階にある特別会議室のドアが九時きっかりに開けられた。

隣接しているライブラリーで握手をしたりあいさつを交わしたりしていた人々が、テーブルの周りに集まり、自分のネームプレートが置いてある席を確かめて着席していく。

会議室の壁沿いにもずらりと椅子(いす)が並べられているが、こちらは傍聴者用の席である。ジェフリーは、テーブルからいちばん遠い隅のほうの席に座ろうとしたが、これから始まる会議の進行役(モデレーター)を務める裁判官、ダニエル・クーパーに呼び止められた。

「君の席は私のすぐ後ろだ、ジェフリー」

小声で耳打ちされた。見守っていてほしい、という裁判官の気持ちがそのひと言に込められていた。ジェフリーはうなずいて、ダニエルのすぐ後ろに着席した。

ジェフリーがダニエルと知り合ったのは、二ヶ月ほどまえのことだ。こちらは瀕(ひん)死(し)の美術館のキュレーター、あちらは連邦裁判所で数多くの事案をさばいてきた切れ者の裁判官。デトロイト市が財政破綻の憂(う)き目に遭わなければ、生涯出会うことなく過ごしていたに違いない。

テーブルを囲んだ人々の顔ぶれは、時を同じくして一堂に会しているのが信じがたいほどのセレブリティたち、全米きっての名士ばかりだった。フォード財団理事長ニコラス・フォード、クレスゲ財団理事長ハンナ・エリー・トンプソン、ナイト財団理事長ジョージ・アンダーソン……ＤＩＡのＣＯＯマーガレット・アービー、館長レスリー・エイムスも列席している。長いテーブルの中央に着席すると、ダニエルは、さっそく第一声を発した。

「本日はお集まりいただきまして、ありがとうございます。まさか、これほどまでに迅速に、各財団のトップの方々が飛んできてくださるとは……感激しています。そして、確信しています。私たちが今日、皆様方にご提案申し上げる案件が成立したあかつきには、歴史に残るであろうことを」

ダニエルは、デトロイト市が二〇一三年七月に「破産宣言」をしたのち、司法省から任命を受け、市が債務調整計画案を策定する上で、市と債権者とのあいだに立って調停を行う主席調停人となっていた。負債総額は百八十億ドルを超え、アメリカの自治体の破綻としては過去最大となった本件では、上下水道レヴェニュー債、担保付き一般財源保証債、駐車場債、制限付き一般財源保証債など、さまざまな債権の種類ごとに、計画案に同意するか否(いな)かを債権者に問う。

UNITED STATES OF AMERICA

中でも、早くから注目を集めていたのが年金債務である。デトロイト市は、警察・消防職員年金と一般職員年金のふたつの年金制度を有していたが、多額の積立不足により、年金基金がデトロイト市に対して有する債権総額は三十一億ドルを超えていた。これが圧縮されれば、年金受給者への支給額が大幅に減らされかねない。このため、市の職員や年金受給者は強く反発をしていた。

市の所有財産を処分して現金化し、年金支給を維持するべきだ――という声が当然のように上がった。では、てっとりばやく現金化できるもっとも価値のある市の所有財産とはいったい何か？　それは、空港でもなく、土地でもなく、高層ビルでもなく――市立美術館であるＤＩＡが所蔵する「美術品」であることは、誰の目にも明らかだった。

ＤＩＡは六万点を超える美術品を収蔵している。その中には、世界でもっとも高額な作品の画家と言われているゴッホやセザンヌ、ピカソなどが含まれている。これらの作品の評価額は、一点あたり一億ドルとも言われている。もしもすべて売却されれば、三十億ドルを作るのは容易いはずだ。

一方で、ＤＩＡのコレクションはデトロイト市のみが所有者ではない、という意見もあった。文化財たるアートは、デトロイト市民の、もっといえばアメリカ国民のものである。これを散逸させ、国外に流出させてしまっては、国益を損ないかねない――と、注意深く債務調整計画案を検討していた調停人のダニエル・クーパー裁判官は、気がついたのだった。

年金受給者を救済するのは行政の使命である。そして、長い時間をかけ情熱を注いで形成したコレクションの散逸を防ぎ、歴史ある美術館を存続させるのもまた、デトロイト市の使命であるはずだ。

では、どうすればよいのか？

「皆さん、お手元の資料の表紙をご覧ください。本日、私たちは、なんのために集まり、協議するのか。その目的がそこに書かれています」

ダニエルが朗々と語った。

テーブルを囲んだいくつもの顔が、手元に配布されている紙の資料に向けられた。ジェフリーもまた、膝(ひざ)の上に置かれていた資料に視線を落とした。

その表紙には、こう印字されてあった。

New Organization to Collect, Disburse Funds to Reduce Cuts to Detroit's Retirees, Help City Restore Economic and Cultural Vitality
[デトロイト市の退職職員を年金削減から救済し、市の経済的・文化的活力を再興するための資金調達・支給基金計画]

連邦裁判所で会議が行われる二ヶ月まえのこと。

初秋の風が通りを吹き抜けていく中、フォード・モンデオ・ワゴンが「ラリーズ」のドアの前に停まった。

車から出てきたジェフリーが店の中へ入っていくと、カウンターの内側にいた店主のラリーが、いかにも待ちわびていたような口調で「よお、ジェフリー」と声をかけた。

「ちょうどよかった、いま、あんたの噂をしていたところだよ」

ジェフリーの定位置、カウンターのいちばん奥まったところに、見知らぬ男が座っていた。黒いスーツにブルーのタイを身につけ、櫛目の通った銀色の髪はきっちりと撫(な)でつけられている。知識階級の人物だ、しかもかなりハイ・レヴェルの――と一見してわかった。

「裁判官(ジャッジ)、この人がDIAのコレクション担当チーフ・キュレーター、ジェフリー・マクノイドですよ。ジェフリー、こちらダニエル・クーパー裁判官」

ラリーに紹介されて、ふたりは握手を交わした。名前を聞いて、ジェフリーはすぐに思い出した。――ジャッジ・クーパー。デトロイト市・債権者間の交渉を担当する調停人だ。

「はじめまして」ジェフリーは、にわかに自分の顔がこわばるのを感じながらあいさつをした。「お目にかかれて光栄です」

「かたいあいさつはなしですよ、ジェフリー」ダニエルは笑顔で応えた。

「私もこの店の常連でね。ここのアップルパイが何より好物なんだ」

聞けば、ダニエルは、もう長いあいだDIA友の会のメンバーなのだという。生粋のデトロイターの彼にとって、少年の頃から親しんできたDIAは、この街が世界に誇れるもののひとつだった。

展覧会の帰り道、豊かな気分で「ラリーズ」に立ち寄り、コーヒーとホームメイドのアップルパイを食べるのが、なんといっても人生の楽しみのひとつなんだと、ダニエルは教えてくれた。

連邦裁判所の裁判官といえば、社会的な地位も名誉もある職だ。しかしダニエルには尊大なところはちっともなく、気さくで飾り気のない人物だった。何より、DIAとアートが大好きだというところが、どことなくフレッドを思い出させた。

すぐに意気投合したふたりは、しばらく四方山話に花を咲かせていたが、ジェフリーは、ふと、この人物に自分の本音を聞いてもらいたい気持ちになった。

DIAのチーフ・キュレーターと連邦裁判所の裁判官兼調停人という立場ではなく、「ラリーズ」の常連同士として、そしてアートを愛する者同士として、デトロイト市は今後どうするべきか、そしてDIAは今後どうあるべきかを、ざっくばらんに話してみたい気がした。そして率直なアドヴァイスがもらえれば、と。

「ところで……」

大好物のアップルパイをフォークの先でつつきながら、ダニエルがふいに話題を変えた。

「もしも、DIAが閉鎖されてしまったら……君はどうするつもりだい？」

どきりとした。

もしもＤＩＡが閉鎖されてしまったら。それは、実のところ、かなり高い確率で起こり得る「もしも」だった。けれど、できるだけ考えまいとして、膨れ上がりそうになる不安にふたをしてきた。が、こうして真正面から問いかけられると、いかなる答えも返せずに逃げ出してしまいそうになる弱気な自分に気がつくのだった。

「わかりません……答えるのは、とてもむずかしい」

弱々しい笑みを浮かべて、ジェフリーは返した。

「僕だって市の職員だ。もしももらえるはずの年金が大幅にカットされて、退職後の生活がままならなくなってしまったら……どれほどきついことなのか、自分の身に置き換えてみればよくわかります。でも……」

脳裏にはフレッドの顔が浮かんでいた。色褪（いろあ）せたジーンズのポケットから取り出された一枚の小切手。皺（しわ）くちゃの紙片が、分厚い手のひらの上で呼吸をしているかのように震えていた。

「それでも、ＤＩＡのコレクションを散逸させることは、許されないことだと思います」

キュレーターとしての自分が許さない、と言っているんじゃない。デトロイト市民としての自分が許さないのだ。なぜなら、DIAのコレクションは市の財産である以上に、デトロイト市民のかけがえのない友人のような存在だから。

「退職者の年金を守ることも重要です。けれど、コレクションを守ることも重要です。僕は、その両方を実現したい。――このふたつは等しく価値があります。どちらかをとってどちらかを切ることはできません」

ダニエルは、手にしたフォークを皿の上に静かに置いて、ジェフリーをみつめた。深く、思い詰めた目で。そして、何も言わなかった。

ジェフリーは肩で息をついて、うなだれた。

「すみません、つい……僕自身、どうしたらいいかわからないんです。ひょっとすると、もう答えは出ているのかもしれませんね。債務調整計画案に、コレクションを売却すると……組み込まれているのかも……」

カチャン、と勢いよくダニエルのフォークが皿を叩いた。何かの合図のように。ジェフリーは顔を上げてダニエルの横顔を見た。

「その通り。……年金受給者を救済することも、コレクションを救済することも、等しく重要だ。どちらかをとってどちらかを切ることは決してできない。となれば……どちらも救済する方法を考えればいいじゃないか」

ダニエルは、ひらめきを追いかけるように視線を宙に泳がせた。やがて、ゆっくりとジェフリーのほうを向いた。

「ジェフリー。DIAのコレクションは、クリスティーズの試算によれば、百億ドル以上の価値があるということだったね？」

もう一度、どきりと胸が鳴った。が、ジェフリーは正直にうなずいた。

「ええ。……百億ドルどころではありません。とてつもない価値があります」

「……だったら……それを『売る』のではなく、『守る』ために、寄付を募るだけの価値がある……ということだね？」

ジェフリーは、はっと息をのんだ。

ダニエルの瞳には輝きが宿っていた。もう一度、フォークで皿をカチャン、と軽く叩くと、朗らかな声で彼は言った。

「『売る』ではなくて『募る』。発想の転換だ。……やってみようじゃないか」

二〇一五年一月。

その朝、不思議に明るい予感に満ちて、フレッド・ウィルはベッドの中で目覚めた。

あたたかく湿った毛布の中で、隣に亡き妻ジェシカのやわらかくてたっぷりとした体を探ってしまうのは長年の習慣だった。その日、フレッドは、もう隣に妻がいないことをはっきりと理解した。けれどなぜだか、もうさびしくはなかった。

ベッドの上で上半身を起こして、古ぼけた部屋の中を見回す。チェストの上のテレビ、その横の妻の写真。いかにも楽しげな、大きな笑顔。色褪せてしまった在りし日の妻の肖像。

「なんだい、ジェシカ？　何かいいことでもあったのか？」

しゃがれた声で妻に問いかける。もちろん、何も答えてくれるはずもない。が、フレッドの胸の中を満たしている明るい予感は、ベッドから抜け出して、階下のキッチンでお湯を沸かし、いつものようにミルクコーヒーを作るあいだも、ずっと続いていた。

昨夜寝るときにテーブルの上に置き去りにしたままだったスマートフォン——去年のクリスマスに自分へのギフトとして買ったものだ——が、軽やかにメールの受信音を鳴らした。

マグカップを片手に、テーブルへと歩み寄る。スマートフォンの画面を見ると、ジェフリーからのメールだった。「We did it!（ついにやった！）」という件名で。

フレッドは、あわててカップをテーブルに置くと、生きのいい魚をつかむようにして、両手でしっかりとスマートフォンを握りしめた。それから「おい、おい、ほんとうか？」と、それに向かって話しかけながら、震える指先で画面をタップし、メールを開いた。

差出人：ジェフリー・マクノイド
宛先（あてさき）：フレッド・ウィル
件名：ついにやった！

フレッド、速報だ。DIAがついに寄付金目標額を達成した。資金調達キャンペーンの最後の最後になって、アンドリュー・メロン財団やゲティ財団が巨額の寄付を表明してくれたんだ。

これと引き換えに、美術館は市の管理下を離れて独立行政法人になる。これからは市の経済状態に左右されることなく、存続していくことができるようになったんだ。

「な……なんてこった！　ほんとうか、ジェフリー?!」

まるでそこに友がいるかのように、フレッドは大声でスマートフォンに語りかけた。そして、ヒャッホウ、と年甲斐（としがい）もなく叫び声を上げ、拳（こぶし）を突き上げた。

ほんとうかって？　ほんとうだとも！　ジャッジ・クーパーが考えついた「グランド・バーゲン」という提案が最大限に実現されたんだ。まったく、あの裁判官は天才だよ。DIAの価値あるコレクションを売却して美術館を閉鎖に追い込むのではなく、価値あるコレクションを維持して美術館を存続させるために寄付を募る。つまり、アートの経済的価値を「売却」に求めるのではなく、「寄付を募るためのアイコン」にする。そして、集まった寄付金は、年金受給者の救済と美術館の存続、両方のために限定的に使用されるという条件をつけたグランド・バーゲン（思い切った取り引き）——見事に発想の転換をしてしまったんだから。

「ほんとうに」と、フレッドはうなずいた。「ほんとうにその通りだ」

ほぼ一年まえに連邦裁判所の特別会議室に集ったアメリカを代表する財団の理事長たちに、ジャッジ・クーパーは呼びかけた。どれほどDIAが追い詰められているか——万一コレクションが売却されれば、デトロイトはもう二度と同レヴェルの美術館を地元に開くことはできなくなるだろう、と。

とはいえ、美術館の存続を優先して、年金受給者をないがしろにするわけにはいかない。どちらかを切ってどちらかを救う、というのではない。どちらも救わなければならないのだ。

我々がどう動き出すのか、あるいはまったく動くことなく終わってしまうのか、全米が、いや、世界じゅうが注目している。人類の至宝であるDIAのコレクション、そして全米が誇る創造と産業の街の宝であるデトロイト市民。両方を守り抜くために、力を貸してほしい。ともに行動してほしい。
　僕は、ジャッジのスピーチに胸が熱くなった。涙があふれて、困ってしまったよ。だって、あのとき、僕はジャッジの真後ろの傍聴席に座っていたんだ。理事長たちは、息を凝らしてジャッジをみつめ、話に聴き入っていた。その視界に、きっと、半べそをかいた僕が入っていたに違いない。

　ジャッジのスピーチが終わった直後、会議室のテーブルは、まるで森の中の湖のように静まり返った。テーブルを囲むすべての人々の胸に感動の波が静かに押し寄せているのを、僕は感じた。

　やがて誰からともなく拍手が湧き起こった。拍手はさざ波のように広がり、会議室をあたたかく包み込んだ。それこそは、ジャッジの呼びかけに対する答えだった。

　DIAと年金受給者、その両方を救うために、一刻も早く寄付を募り、基金を創りたい。ジャッジ・クーパーのアイデアは、満場一致で受け入れられた。

　そのあとの各財団の素早い動きは、フレッド、あなたも知っているはずだ。九財団から三億三千万ドルの資金投入があり、自動車企業の財団からもほぼ同等の三億五千万ドルの資金が投下された。ミシガン州から追加で一億九千五百万ドル。そしてついに我がDIAも一億ドルの資金調達に成功した。合計九億七千五百万ドル。たった一年で、年金受給者救済のために必要だった額、八億一千六百万ドルを超えたんだ！

ヒャッホウ！　とまた、フレッドは奇声を上げて拳を突き上げた。

九億七千五百万ドルだって？　いったいどれくらいの規模のお金なのかわからないくらいだが、とにかく、これで年金の大幅カットはなくなり、DIAも閉鎖されずに済むのだ。

「閉鎖どころか、市から独立したんだ。すごいじゃないか、ええ？」

フレッド、僕は、まずあなたに感謝の言葉を告げたくて、誰よりも先にこのメールを打っている。

一年半まえの夏、あの雨の日。「ロバート・タナヒル・コレクション」のカタログの著者に面会したいと言って、あなたが僕を訪ねてくれなかったら、僕はとっくにくじけてしまっていただろう。

あの日、あなたが僕に教えてくれた話、聞かせてくれた言葉の数々は、追い詰められて苦しんでいた僕を解き放ってくれた。

いまは天国に暮らす奥さんと、生前、一緒にDIAを訪ねてくれたこと。アートは友だち、美術館は友だちの家なんだと教えてくれたこと。いちばん気の合う友だちが、セザンヌの描いた《マダム・セザンヌ》であること。

コレクションの売却は、ふるさとの家から友を追い出すことに等しい。だから、絶対にあってはならない。

助けたいのです。――友を。

あのときの、あなたの真剣なまなざし。そして、ジーンズのポケットから取り出した一枚の小切手。

僕は、あのときのあなたの寄付が、「グランド・バーゲン」の原点になったのだと信じている。

あなたの寄付は、ささやかなものだったかもしれない。けれど、あなたの気持ちが、大河の最初の一滴となったことを、僕は決して忘れない。

フレッド。僕は、あなたのような市民がいるこの街、デトロイトを誇りに思う。

あなたがこの街にいてくれたことこそが、デトロイト美術館の奇跡なんだ。


友よ。――ありがとう。


すっきりと晴れ渡った青空のただなかで、星条旗とミシガン州旗がはためいている。白い石造りの建物が、春の日差しの中でまぶしく輝いている。

デトロイト美術館の正面入り口に、フレッドはひとり、佇んでいた。ふたつの旗を振り仰いで、大きく深呼吸をする。

――いい天気だ。友だちに会いにいくにはうってつけの日じゃないか。

なあ、そう思わないか？　……ジェシカ。

「――フレッド！」

ふいに女性の声がした。はっとして、フレッドは振り向いた。

駐車場のほうから、ボランティア・ガイドのリーダー、メアリーが歩いてくる。

「やっぱり、ここにいたのね、フレッド」

　笑いながら近づいてきた彼女と、フレッドは軽くハグを交わした。

「あなたがガイドを務める後期印象派のギャラリー・ツアー、もうすぐ始まるわよ。十分まえにスタッフ・エントランスから入ってスタンバイするようにって、お願いしたわよね？」

「そうだった、そうだった」フレッドは、思わず照れ笑いをした。

「初めてガイドなんてやるもんだから、なんだか緊張しちゃってね。……いつもここから美術館に入るのが、おれの習慣だったもんだから……」

「あなたと、あなたの奥さんの――でしょ？」

　そう言って、メアリーは片目をつぶった。フレッドは、肩をすくめた。

「じゃあ、せっかくだからここから入りましょうか。ちょっと急いでね」

　軽やかな足取りで、メアリーが正面のステップを上がっていく。その背中を追いかけて、フレッドの後ろ姿も美術館の中へと消えていった。

取材協力（順不同）

玉井宏昌（フジテレビジョン事業局事業部）
伊藤真紀子（Fujisankei Communications International, Inc.）
Gerald E. Rosen（United States District Judge）
Pamela Marcil（Director, Public Relations, DIA）
Shirley Lightsey（President, Detroit Retired City Employees Association）
Ryan C. Plecha（Partner, Lippitt O'Keefe Gornbein, PLLC Attorneys）
James E. Hanks（MLIS Archivist, Research Library & Archives, DIA）
Jacques Panis（President, Shinola）
Katy Locker（Program Director of Detroit, Knight Foundation）
Eugene A. Gargaro, Jr.（Chairman, Board of Directors, DIA）
Deborah Griffin, Amy Music, Frank Petersmark（Volunteer staff of DIA）
Graham W. J. Beal（Director Emeritus, DIA）
Salvador Salort-Pons（Director, President & CEO, DIA）
Ben Copp（Consultant for Wolverine Stone and Longtime DIA Visitor）
Annemarie Erickson（Former Chief Operating Officer, DIA）
Kate Fetting Hill（Detroit Production Coordinator）

写真　広瀬達郎（新潮社写真部）

本作は史実に基づいたフィクションです。
第二章のロバート・タナヒルを除く主要登場人物は、架空の人物です。

対談　アートは友だち、そして家族

鈴木京香×原田マハ

鈴木京香（すずき・きょうか）
一九六八年、宮城県生まれ。女優。

「芸術新潮」二〇一六年十月号より再録。
この対談は、二〇一六年四月〜二〇一七年一月に日本で開催された「デトロイト美術館展〜大西洋を渡ったヨーロッパの名画たち〜」を機に行なわれた。

鈴木　今回、私は「デトロイト美術館展」のナビゲーターのお仕事をさせていただいているのですが、実はデトロイトに行ったことがありません。でも、マハさんの小説を読んで、登場人物が実在しているように感じられました。デトロイト美術館にコレクションを寄贈したコレクター、ロバート・タナヒル以外はフィクションですよね？

原田　そうですね。私は二月初めにデトロイトへ行って、たくさんの方のインタビューを取らせていただきました。市の財政破綻に関する債権者による投票に関わった方や判事、美術館のボランティアさん、理事の方――共通して感じられたのは、みなさんが美術館とコレクションを誇りに思い、アートが本当に好きだということ。小説ではフレッドとその妻ジェシカが、アートは友だちで、美術館は友だちの家だというようなことを言っていますけど、まさにそれを地でいくような方々がたくさんいらっしゃった。登場人物に特定のモデルはいませんが、取材した人たちのイメージをミックス、シャッフル、抽出してキャラクターを作りました。京香さんはアメリカの美術館へ行かれたりすることはあるのですか？

鈴木　ニューヨークやロサンゼルスにはよく行くのですが、ボストンやシカゴなどまだ行ったことのない美術館がたくさんあります。現代美術の聖地と言われるテキサス州のマーファにも行きたいと思っています。私はアートの大ファンですが、趣味としてこんなに素晴らしいものはないと感じています。自分の好みで追いかけることができますから。

原田　私はしょっちゅうパリに行ってノマド的な生活をしていますけど、それは今この時代に小説を書いているからだと思うのです。どこに行ってもネットがあって、仕事ができる。でも京香さんのように女優さんのお仕事をされていると、あるロケーションでの撮影など絶対に必要ですから、どこでも仕事ができるということにはならないですよね。私は気楽にどこにでも行ける代わりに、どこに行っても締め切りに追われてしまうのですが（笑）。ただ旅先はいつも美術館があるところで、いわゆるリゾートアイランドへは行ったことがありません。日本は四十七都道府県すべてに美術館があるから素晴らしい。私は日本の地方自治体の方々に、それぞれの美術館をデスティネーション・ミュージアムにしてください、と提言したいと常々思っています。美術館は目的地になる。デトロイト美術館はまさにそういう場所だと思います。

鈴木　私も美術館を目的地にして旅するようなところがあります。お友だちと都合が合わなくても、ひとりで美術館に行く。気がつけば美術館がある都市を旅行しています。

原田　私もひとりで美術館に行くことが多いです。今回の「デトロイト美術館展」の出品作は、来日前にイタリアのジェノヴァを巡回していたのですが、これもひとりで見に行きました。デトロイトには友だちの家を訪ね、ジェノヴァには旅先の友だちを訪ねていった。ジェノヴァでは文化センターみたいなところが会場で、子どもたちがたくさん来ていて、自分がいちばん気に入った作品を紙に鉛筆で描いていたのですが、ゴッホの自画像やピカソが描いたドラ・マールの肖像画など、的確に絵の特徴をとらえているんです。ゴッホの眼光は鋭いし、麦わら帽子は大きいし。子どもってよく見ているなと感心しました。アーティストが何を特徴として描いているのかを見抜いている。ジェノヴァの人たちに作品が親しまれている光景を見て本当に嬉しかったですね。やはりアートには国境はないし、言葉も必要ない。

鈴木　マハさんの『デトロイト美術館の奇跡』でも、フレッドさんが奥さんに君の友だちに会いに行くんだと言っているし、セザンヌの奥さんのことを君に似てるねと言って、とても近しい人のように話す。そのあたりは私とアートの距離感に近い気がしました。マハさんの別の小説『暗幕のゲルニカ』を読んでいた時にも思ったんですけど、現代のシーンでは気持ちがどんどん動きます。逆に《ゲルニカ》が描かれた一九三七年のヨーロッパの状況などをもうちょっと知っていたら、もっともっと感動できるのにと、自分の勉強不足が悔やまれました。

原田　私は自分の小説は、アートへのいい入り口であってほしいと思っています。また同時にいい出口であってほしい。アートは敷居が高いとか、よくわからないものとして敬遠する人もいますが、小説に書かれていることに興味を持って入ってきてくださる方もいます。京香さんのように、小説を読んだ方が新しい興味を持って、小説を出口にして次のアクションを起こしてくだされればと思います。

鈴木　それはもう、確実に、そうなっていると思います。だからこそ、マハさんの小説を読んでから個々の作品と対面していただきたいですね。

原田　「デトロイト美術館展」の出品作の中で、一番印象に残ったのはどの作品ですか？

鈴木　いろいろありますが、マティスはイメージと違ってかなり大きな作品だったので驚きました。あとルドンも色が綺麗で。あの微妙な色を印刷で再現するのは難しいから、直接見ないとわかりませんね。オットー・ディクスの自画像については、音声ガイドを吹き込むに際して資料を読んでいたので、敬愛するデューラーを意識してブルーを使い、あえて正面ではなく斜めのポーズをとったことを知りました。アートは先入観なしで見ることも大切だけれど、こうした背景を知って見ることも同じように大切だと感じました。少なくとも自分の場合は、情報が増えてますます絵を見ることが楽しくなりました。

原田　もともと京香さんがアートに興味を持たれたきっかけは何だったのですか？

鈴木　父が趣味で油絵を描いていて、家に画集がいっぱいありました。中でも自分がおもしろく見ていたのはピカソやマグリット、クレー、カンディンスキー。ピカソの人物画はどうして目がちぐはぐについているんだろうなんて話を父親として、父親なりの解釈で教えてくれたりしました。中学生の時は陸上部だったのですが、高校時代には美術部に入ったのです。当時、横尾忠則（よこおただのり）さんとか日比野克彦（ひびのかつひこ）さんの作品をいわゆるサブカル雑誌で見始めて興味を持って。デッサンは下手だし大学で美術史の勉強をするほど成績もよくなくて、美大に入るのは難しいぞ、と言われて……。ただ、今になって思えば下手でよかったのかもしれません。創作の苦悩を知ってしまったら、素直に作品が見られなくなっていたかもしれないので。今は、映画や演劇を見に行くとやはり自分の仕事に置き換えて反省したり落ち込んだり、奮起させられたりしますから。

原田　それは私も同感です。私は父が美術全集のセールスマンをやっていたこともあって、家には全集が山積みになっていました。十歳の時に山陽新幹線が開通して、父が仕事で滞在していた岡山へ行って、倉敷の大原美術館を訪れました。私のファースト・ミュージアムですね。セガンティーニやエル・グレコの素晴らしい作品の中に、ものすごくへたくそな鳥かごの絵を描いている人がいるなと思ったら、それがピカソだったんです。自分の方が絶対に上手いぞと思ってライバル視していた（笑）。子どもの頃からアートが好きで漫画を描いたりしていて、社会人になってからは商社でアートコンサルタントをやったり、森美術館の設立準備室でキュレーターをやったり、美術の仕事をしました。でも実は今が一番幸せです。仕事でアート業界の最前線にいたときは、しがらみとか作品の背景が見えてしまう。この作品の価格は？とか、この壁から動かすにはいくらの保険料がかかるだろう？とか。純粋に楽しめない。アートの世界に身を置いて得たものも大きいですし、その時代が今の私の土台になっているとは思うものの、今は美術史と自分の妄想を組み合わせてフィクションの世界を自由に書くことができています。

鈴木　それでもあそこまでアートの世界について調べて書くという作業は大変ですよね。かといって専門書的だとなかなか一般の人には読みづらい。映画になるようなワクワクするストーリーはやはり、マハさんにしか書けないと思います。今お勧めの美術館はありますか？

原田　私が最近よくお勧めしているのは、北海道の中札内（なかさつない）美術村です。製菓会社・六花亭（ろっかてい）の当時の社長・小田豊（おだゆたか）さんが十勝（とかち）地方の広大な森を購入されて、その中に小さなパビリオンをいくつも作ってアートを展示している。海外だとデュッセルドルフ郊外にあるインゼル・ホンブロイッヒ美術館が素晴らしい。ここは不動産業者の社長さんが湿地帯だった場所に本人のコレクションを展示しているのですが、いろんな建築家に依頼して作った小さなパビリオンに、びっくりするような組み合わせでアートが展示されている。たとえばイヴ・クラインの平面とアジアの仏像、あるいは中国の家具の中にヴォルフガング・ライプのインスタレーション……。アーティスト・イン・レジデンスもあって、ある家には詩人が住んでいて詩を朗読してくれるし、音楽堂ではヴァイオリンのコンサートをやっている。最後のパビリオンでランチを食べて、ああ幸せだなあってみなさん帰るんですよ。

鈴木　そのオーナーさんはすごい方ですね。

原田　デトロイト美術館のタナヒル・コレクションもそうですが、コレクターの力ってすごいですよね。ある意味、無責任に自分の感性の赴くままに集めたコレクションが、素晴らしい美術館を作る。京香さんもアートを集めておられますよね。

鈴木　美術部にいた頃から絵を飾るのは好きだったので、額装屋さんで売っている小さなリトグラフのようなものは学生時代から買っていました。三十歳の時にたまたまサザビーズのオークションのプレビューを見る機会があって、プレビューに出ていたものではありませんが、クレーの小品がどうしても欲しくなって落札したのが最初です。以来、オークションのカタログを見たり、欲しいアーティストのものはギャラリーを通して作品を見せていただいたりするようになりました。不思議と縁のあるものだけが手元に来ます。自分が所有することの責任も生じてきています。管理のこともあるし、私は独身ですから、自分が死んだ後にこれらをどのように見てもらえるようにすべきか、今から考えています。

原田　コレクションになる、自分のところに来てくれる作品というのは、友だちより一歩進んだ、そう、ファミリーみたいなものですよね。

鈴木　家の壁に掛けていつも見ていると、なにかのきっかけを作品から与えられることも多い。それだけに独り占めにしたり、死蔵したりしてはいけないと思うんです。

原田　コレクターというのは、アートという私たち人類全体の共有物を、キュレーションしている人たちだと言えると思います。実はこれはアートやアーティストにとってとても重要なことで、誰かが自分のものにしたいと思うような作品を作るのがアーティストの義務だし、それを買うことはコレクターの義務。公開するしないに限らず、この世に生まれおちた作品は、愛してくれる人さえいれば護られ、引き継がれてゆきますよね。京香さんには、私の友だちをファミリーに迎えてくださって、ありがとうございますと言いたいです。まだ評価の定まっていない現代美術を買っていらっしゃることも、素晴らしい。

鈴木　いつもぱっと出会って魅入られてしまいます。まったく知らないアーティストの作品でも、今はインターネットで調べたりできますし。決して高く評価されているから買っているわけではありません。たとえばすごく著名な方の作品でも、自分が好きじゃなければ買いません。そして縁がある時には不思議と次の作品に出会えます。いくら好きでもこの世に存在するすべてのアートを見ることはかなわないのだと思うと、見られるものは今見ておきたいという欲望にかられます。

原田　それを思えば、デトロイト美術館のコレクションが日本に来てくれるというのは、すごいチャンスですね。

この作品は二〇一六年九月新潮社より刊行された。

辻村深月著

ツナグ

吉川英治文学新人賞受賞

一度だけ、逝った人との再会を叶えてくれるとしたら、何を伝えますか——死者と生者の邂逅がもたらす奇跡。感動の連作長編小説。

津村記久子著

とにかくうちに帰ります

うちに帰りたい。切ないぐらいに、恋をするように。豪雨による帰宅困難者の心模様を描く表題作ほか、日々の共感にあふれた全六編。

西加奈子著

白いしるし

好きすぎて、怖いくらいの恋に落ちた。でも彼は私だけのものにはならなくて……ひりつく記憶を引きずり出す、超全身恋愛小説。

又吉直樹著

劇場

大阪から上京し、劇団を旗揚げした永田と、恋人の沙希。理想と現実の狭間で必死にもがく二人の、生涯忘れ得ぬ不器用な恋の物語。

湊かなえ著

絶唱

誰にも言えない秘密を抱え、四人が辿り着いた南洋の島。ここからまた、物語は動き始める——。喪失と再生を描く号泣ミステリー！

村山由佳著

ワンダフル・ワールド

アロマオイル、香水、プールやペットの匂い——もどかしいほど強く、記憶と体の熱を呼び覚ますあの香り。大人のための恋愛短編集。

デトロイト美術館(びじゅつかん)の奇跡(きせき)

新潮文庫　は－63－3

令和二年一月一日発行
令和六年十一月十日十二刷

著者　原田(はらだ)マハ

発行者　佐藤隆信

発行所　株式会社新潮社

郵便番号　一六二—八七一一
東京都新宿区矢来町七一
電話 編集部(〇三)三二六六—五四四〇
電話 読者係(〇三)三二六六—五一一一
https://www.shinchosha.co.jp

価格はカバーに表示してあります。

乱丁・落丁本は、ご面倒ですが小社読者係宛ご送付ください。送料小社負担にてお取替えいたします。

印刷・大日本印刷株式会社　製本・加藤製本株式会社

ISBN978-4-10-125963-5 C0193